U0071611

疑心

隱蔽捜查

いんぺいそうさ

3

今野敏

1

一早起來，邊喝咖啡邊瀏覽數份報紙。早飯準備好後，就邊吃早飯邊看報。這長年來的習慣，儼然已成為一種儀式。即使妻子冴子和他説話，也只會漫不經心地敷衍應聲。

龍崎伸也，很關心這陣子的外交行程。幾個月前日本首相訪美，與美國新總統進行首腦會談。龍崎將它解讀為一次禮貌性拜會。

那一次會談，美日首腦皆才上任不久，肯定只是打個照面而已。

問題是在這場會談中，雙方約定於東京再次舉辦首腦會談。

美國總統訪日。

這個消息一曝光，所有的警察都唉聲嘆氣。龍崎身為大森署署長，還看到署內有人毫不避諱地咒罵。

這也難怪。不論會議地點設在何處，都得動員大批警力投入首都圈的維安，休假的人也得銷假回到崗位。

署長龍崎很關心日期何時宣布。以前他還在警察廳（註：隸屬於國家公安委員會，管理警察制度、行政、監察等各方面事務的中央機關）任職的時候，可以第一時間透過正規途徑取得消息。不過轄區署長至多只能從報紙上看出動向。但也可以說署長的職位就是如此清閒。

在美國總統訪日當天更早之前，警察廳應該得為了維安計畫忙得天翻地覆，但轄區警署只需要聽從警察廳和警視廳（註：以東京都爲轄區的警察本部。因東京都爲首都，地位特殊，故異於其餘道府縣之警察本部，稱警視廳）的指示行動即可。而龍崎必須思考的，是如何確保人手。

但這也同樣交給各課課長安排就行了。署長隨便插口，有可能削弱部下的士氣。

「採取必要行動。」

之前副署長貝沼悅郎告訴他，遇到狀況，只要搬出這句話就夠了。副署長也是苦過來的。他今年五十七歲，階級是警視，不知道輔佐過多少位署長了。再過不久也差不多要退休了，只是龍崎也不知道自己是否能在大森署待到那個時候。

不，其實貝沼也不曉得能不能在大森署做到退休。警察官經常調動，管理職更是如此。

龍崎對貝沼頗為欣賞，但他認為即使貝沼調走，影響也不大。調動是公務員的宿命。龍崎被派到轄區當署長時，有人說這下他就成了一國一城之主，但龍崎認為這種比喻毫無意義。

警察署不是城池，而且署長每隔幾年就會輪調。對龍崎來說，職場只不過是執行職務的場所。因此他對部下的私生活毫無興趣。除非違反公共善良秩序，否則，不管他們過著什麼樣的生活、有些什麼興趣，他都無所謂。只要盡好分內職責就好。

就報導內容來看，美國總統訪日的日期尚未公布。但他覺得就快了。

忽然，他察覺妻子在看他，抬起頭來。

「怎麼了？有什麼事嗎？」

「噯，就算跟你說，你也只會回句『都交給你處理』吧。」

「既然你這麼想，那也不必說了。」
龍崎將視線移回報紙。
「你就不能假裝關心一下嗎？」
龍崎邊翻報紙邊應話：「假裝關心有意義嗎？該關心的時候就要關心。」
「那你就認真關心一下吧。」
龍崎再次看向妻子，停下翻報紙的手。
「怎麼了？」
「美紀的事啦。對方好像說，既然美紀找到工作，安頓下來，就差不多該正式交往了。」
「正式交往……你說的對方是忠典嗎？」
「是啊。」
「美紀不是說她討厭政治婚姻嗎？」
「都是因為你大剌剌地說什麼他們倆結婚對你有好處。」

「這件事就別再提了。」

忠典是龍崎任職大阪府警時的上司——三村祿郎的長男。他似乎心儀美紀，美紀或許也不排斥，卻說在找到正職工作以前，無暇去想別的事。

「你啊，到時候就不要手忙腳亂的。」

龍崎驚訝地看著冴子。

「我為什麼要手忙腳亂？」

「因為做父親的不都是這樣嗎？女兒交了男朋友就生氣，結了婚就沮喪到家……」

龍崎發自肺腑地詫異。「是這樣嗎？」

冴子受不了地嘆口氣。

「你聽到美紀跟忠典交往，一點感覺都沒有嗎？」

被這麼一問，龍崎第一次細想。

「也沒什麼感覺。這又不是我的問題，是美紀的問題。」

「你真的是稀有動物。」

「我不懂為什麼要被這樣批評。」

「世上大部分的父親，似乎都會對女兒被別的男人搶走感到氣憤難平。」

「你父親也是這樣嗎？」

「那當然嘍。」冴子戲謔地說。

「我對戀愛沒興趣。不管美紀要跟誰談戀愛，我應該都不會在乎。如果要結婚，我會祝福他們。」

「就看你能嘴硬到何時……」

龍崎看看時鐘，想要結束這個話題。

「該出門了。」

「如果美紀說她想跟你聊，到時候你可要好好聽她說唷。這年頭女兒肯跟爸爸商量事情，是非常難能可貴的。」

「我懂了。」

其實龍崎一點都不懂。

家裡的事他向來交給妻子。因為他已經決心要為國家鞠躬盡瘁，粉身碎骨。公務員就該如此。

對家庭有所牽掛，就無法全力投入工作。但龍崎已經學到教訓，如果太露骨地過度強調這一點，會給妻子造成多餘的負擔。之前冴子才因為胃潰瘍而住院。

那一次龍崎真的整個人慌了手腳。他還疑神疑鬼，懷疑是癌症。

從此以後，龍崎便以自己的方式關心著妻子。

從自家到警署可以步行通勤。雖然署裡的人說為了安全考量，希望他搭乘公務車，但龍崎還是徒步前往。因為他覺得比起遭到暴徒攻擊的可能性，運動不足而罹患生活習慣病的危險性更高。

進入一樓深處的署長室後，齋藤治警務課長立刻前來，念出今天的預定行程。

「不必特地來通知，自己的行程我自己知道。」

「不，還是必須確認一下……」

齋藤警務課長個性一板一眼，對負責警察署庶務的警務課來說，是個不可多得的人才，但有些過度操心之嫌。

確定過預定行程後，齋藤警務課長搬來堆積如山的文件，在會客區桌上一字排開。龍崎必須看過這些文件，全部蓋上署長章。

他數過一次，數量多達七百件以上。如果認真處理，光是蓋印章就會耗掉一整天。而這項工作日復一日。

署員說，案子必須要蓋上署長章才算結案，但這根本是睜眼說瞎話。很多案子只需要副署長核批就夠了，有些由課長決定就行。

只不過是形式罷了。公家機關只要形式不完備，什麼都不承認。龍崎覺得這實在荒唐。

因此他會在某程度內把署長章交給副署長，讓他去批公文，無論如何都需要署長過目的文件再拿給他，如此一來，數量就減少了一半。

就這麼簡單。但即使如此，數量還是有三到四百件。

上午就在埋首蓋章當中過去了。下午開始，以半小時為單位，進行著各種會議。其中一項是明天活動的討論。

那是一日署長的活動。據說會有藝人穿上制服，在轄區內遊行。這是本廳（註：東京都內的警察署稱警視廳為「本廳」）公關課主辦的活動，由交通課、警務課和地域課協辦。

這由第一線人員去討論就行了，然而就連這種會議署長也會被抓去參加。因為藝人會親自來打招呼。龍崎已經被告知該藝人的名字，但他根本懶得去記。他對少女偶像毫無興趣。

署長室的署活台——署外活動頻道的無線電不時傳來對話聲，但都是定時回報與一些確認事項。

這就是轄區警署的日常。每個調查員手上都有好幾件案子要處理，但似乎都不急迫。

龍崎一邊蓋印章，想起今早冴子對他說的話。

冴子說忠典請求美紀正式與他交往。龍崎從以前就認識忠典。兩家都認識那麼久了，有什麼必要現在又重新提出交往呢？

是所謂排他性的權利嗎？換句話說，忠典的目的或許是要阻礙美紀與其他男人交往。

戀愛這檔事，實在教人費解。不，龍崎並不否定戀愛感情，只是對於社會上的男女關係彷彿具有某種規則或規範的風潮感到無法理解。

他更難理解的是，將戀愛描寫得宛如至高無上的電視劇和電影大受歡迎的現象。他甚至懷疑世人心目中最關心的事物，難道就是談戀愛？

實際上或許真是如此。

龍崎實在擔憂，這樣的國家會步上滅亡。

這要是十幾歲的青少年，沉迷於戀愛也不是不能理解。那是迎接第二性徵，開始對異性好奇的年紀，滿腦子想戀愛才自然。

據說在生物學上，這個年紀生孩子是最適合的。但一般社會極少容許這種情形，因此身心會出現衝突。這樣的衝突糾葛，就是戀愛的痛苦，龍崎如此理解。

此外，不被心上人所愛，也就是所謂的單相思，應該占了戀愛煩惱的絕大部分。但不光是戀愛，人生本來就不可能事事順遂。只要是大人，應該都能充分理解這一點。

這年頭，年輕人因求愛遭拒而犯下凶殘犯罪的案例愈來愈多，龍崎認為這是因為缺乏社會訓練。在漫長的人生過程裡，失戀被甩根本算不了什麼。然而年輕人卻受不了挫折，情緒性地犯下罪行。

告白遭拒，所以刺死對方。

遭到忽視，所以殺死對方。

不受眷顧，所以持獵槍射殺對方。

實在不勝枚舉。

這類犯罪的原因之一，或許就是現今強調戀愛至上的風潮所導致的。打開電視一看，全是戀愛劇；去唱卡拉OK，全是失戀歌；賣座電影也都以戀愛為主題。

人們怎麼就不明白，除了戀愛以外，世上還有許多重要的事物？

每當處理蓋印章這種單調的業務時，就忍不住天馬行空地胡思亂想。本來蓋印章不該是這種流水作業的。

原本必須掌握文件內容，確認要旨，同意之後再蓋章的。但若這麼做，公文永遠處理不完。最後就變成一件接著一件，只是機械性地蓋章。

到了下午，警務課長來通知該出門了。

先是與在野黨的區議會議員面談。事前已經收到書面通知，要討論地方治安的相關問題。地點在區公所會議室。龍崎搭乘公務車前往。

接下來是與當地商店街幹部的意見交流會。結束之後，是與平日進出警署的各家媒體懇談。

無論各項會議，都不能飲食，因為有可能牴觸國家公務員倫理法。龍崎認為這些會議都由基層人員出席就夠了，也覺得那樣肯定更能深入議論，但齋藤警務課長說，重要的是署長出席露面。

如今龍崎已經不會再為此埋怨了。既然這是署長的工作，他會默默執行。

總算回到署裡時，明天要擔任一日署長的藝人已經在署長室等待。龍崎事前已經聽到名字，但不記得，也不想記得。

署長室前有好幾名攝影師。龍崎問齋藤警務課長：「誰准媒體進來的？」

齋藤愣住回答：「這是宣傳活動，沒有攝影機就沒意義了。不可能把媒體擋出去。」

這就是轄區的慣例嗎？

「我沒有說不准，只是應該事先報備一聲。」

「是……」

「往後記得報備。」

「好的。」

龍崎前往署長席，站著望向客人。

「明天請多指教。」

三十多歲的女經紀人起身鞠躬。她旁邊的年輕女子也跟著行禮說：「請多指教。」

比想像中的還要高。他一直有種藝人都很嬌小的印象。因為工作的關係，龍崎以前也見過一些藝人，但都比想像中的更嬌小，令他印象深刻。

最近的年輕藝人發育都很好。這名少女身高可能將近一百七十公分。

龍崎很形式上地發言：「我們會努力讓活動順利進行。感謝你協助提升警方形象。」

他想盡快結束這場會面。活動內容當天再討論就行了，根本沒必要特地在前天過來打招呼，浪費時間。

龍崎筆直看著年輕偶像。大人跟小孩子說話，沒必要心虛。

「請多指教。」

少女再說了一次，深深行禮。

「在室內應該脫帽。」

「咦……？」

「也許是時尚流行，但特別是在向他人致意時，脫帽才是禮貌。」

少女一直戴著棒球帽款式的帽子。

經紀人急忙望向少女。

少女順從地摘下帽子。

「真抱歉。」

原本被帽簷半遮的臉完全露出來了。不愧是萬中選一的偶像，長相十分可愛。凹凸有緻的身材配上稚氣未脫的臉蛋，兩者的落差令人印象深刻。這應該就是她受歡迎的理由。

在室內必須摘下帽子，這是龍崎自小被大人教導的常識。也許只是她不知道這個常識，但龍崎認為一旦出了社會，就不能拿不知道當藉口。

「你明天就是署長，要好好記住。警察在室內也會摘下帽子，舉手禮只有在戴帽的時候才做，因此警察在室內，一般也都像這樣彎腰行普通禮。」

少女偶像一臉緊張。

「好的，我會記住。」

她必須緊張才行，龍崎想。即使只有一天，但她要接下大森署署長的大任。身為署長的期間，她必須對全體署員負起責任。

每個人都只把它當成一場宣傳活動，龍崎也這麼想。但既然都頒發了任命狀，縱然只有一天，還是必須要她體認到自己的責任。

會面十分鐘就結束了。少女偶像和經紀人離開後，攝影機也跟著魚貫離去。

署長室的門沒關，因此可以看到一樓的狀況。年輕的交通課警察依依不捨地盯著偶像的背影看，仍然一副意猶未盡的樣子。

年輕男人都是這樣的，但如果忘了自己還在執勤中就糟了。明天令人憂心哪。

「哎呀，真是個可愛的女孩。」

齋藤警務課長走進來說。龍崎看向課長，滿心不可思議。因為課長的聲音異樣地開心。

「外表是藝人的商品，長得可愛是理所當然吧？」

「都這把年紀了，還是忍不住怦然心動，真丟臉。」

「確實很丟臉。有事嗎？」

「啊，是這個。」

齋藤送來新的公文。

「又來了？我才剛蓋完章呢。」

「是緊急公文，通知美國總統的訪日行程。」

終於來了。

龍崎伸手接過公文，上頭捺了「重要」的紅色方印。方印意味著高緊急度、高重要度，比「機密」等圓印等級更高。

像這樣送來的公文，是典型的公家機關格式。上頭有第〇〇號的編號，同時明載著是哪個單位發送給哪個單位。

上面是冗長的晦澀文章，但簡而言之，就是通知美國總統大約九月四日星期五抵達，六日星期日離開日本。

「大約」這樣的用詞似乎有些隱晦，但也是情非得已。因為距離美國總統訪日還有三個月，沒人知道這段期間會發生什麼事。當然預定也有可能生變。維安相關人員必須依據這份預定來擬定計畫。維安計畫不是警察廳一個單位的事，還牽涉到外務省、國土交通省及防衛省。

必須與這些中央機關保持聯繫通暢，說白一點，也就是要避免受到他們妨礙，擬定維安計畫。

龍崎大略瀏覽後，把公文丟進「未決行」的盒子裡。

反正轄區署長還要好一段時間以後才會參與這件事，而且末端人員輕鬆得很。

龍崎這麼想著，收拾東西準備下班。

2

下午一點，一日署長的活動開始了。首先必須在署長室由龍崎頒發署長任命狀給偶像藝人。

這完全是表演給媒體看的典禮。署長不可能由轄區警署任命，實際上是由警視廳來遴選任命。感覺美國人會喜歡這類活動，但龍崎只覺得被占用了多數的時間。

一名攝影師對龍崎說：「請對鏡頭笑一下。」

龍崎應道：「任命典禮怎麼能嘻笑？」

偶像聽了笑出來，但龍崎可不是在開玩笑。

偶像個子高䠷，儀態端正，穿起服英姿煥發。從警方的規定來看，裙子略短了些，但龍崎也知道這點可愛是被允許的。

接下來她要參加交通安全宣導遊行，在轄區內沿著預定路線遊行，有警車、迷你警車、本廳派來的交通機動隊警用機車隨行。

穿上署長制服的少女偶像會站在敞篷車上移動。

這也算是一種維安專案呢……

龍崎想到昨天收到的美國總統訪日公文，如此尋思。

如果連在這種小活動上維安都失敗，遑論要確保美國總統的安全了。

龍崎在記者和偶像面前詢問齋藤警務課長：「維安計畫萬全了嗎？」

警務課長點點頭。

「交通課和地域課會全程陪同……」

「警備課呢？」

「呃，警備課沒有……」

齋藤警務課長似乎意識到偶像和媒體的目光，支吾其詞。

「你的意思是，警備課完全沒有參與這場活動？」

「是……」

「警備課做什麼用的？一日署長應該視為VIP對待。既然是VIP，警備課就應該進行護衛。立刻把警備課長叫來。」

其實偶像根本不重要，龍崎是想要為不久後的美國總統訪日預做準備，鞭策一下參與維安的人員。

攝影機陷入一片靜默。

少女偶像天真無邪地問：「哇，我會有SP（註：SP爲Security Police之簡稱，日本專門保護重要人士的警視廳警察，參考美國特勤局設立的）嗎？」

「轄區沒有SP。既然你今天是警察署署長，這種事情要記起來。」

「是……」

聽到這話，比起少女偶像，媒體的表情更加驚訝。但龍崎完全不以為意。

這時蘆田祐介警備課長來了。

「署長找我？」

蘆田警備課長今年五十三歲，階級是警部。轄區的警備課也處理公安案件，或許是這個緣故，蘆田課長給人一種冰冷理智的印象。換言之，他散發出一股公安氣息。

「我想知道一日署長的護衛計畫。」

蘆田課長瞥了旁邊的齋藤警務課長一眼。齋藤一臉憂心，相反地，蘆田面無表情。

「我會派兩名人員貼身護衛。」

在這之前，蘆田應該完全沒有想過要護衛偶像這回事，這一定是臨時想到的，但語氣自信十足。

應變能力很好。即使不是國家公務員第一種考試出身，也有如此優秀的人才。

「要保護的對象是署長，好好幹。」

這段對話讓媒體露出嚇壞了的表情。他們之中應該也有人採訪過其他警署的一日署長活動，但似乎沒有人碰過這樣的場面。

龍崎對偶像說：「那麼署長，請你執行公務吧。」

「我出門了。」一身制服的偶像規矩地把制帽抱在腋下行禮。

「這樣子行禮可以嗎？」

「可以，很好。」

一日署長出發去遊行，署長室總算恢復寧靜。龍崎開始處理公文。

齋藤警務課長還沒有離開。他說：「山咲真美真是個好孩子。」

龍崎抬頭。

「你說誰？」

「山咲真美啊。她穿起那身制服很合適。真想要那樣的婦警。啊，現在改叫女警了呢……」

「制服這東西，就是設計成什麼人穿都適合的。」

確實如齋藤課長說的，山咲真美在場的時候，整個署長室充滿了華美的氣氛，但警察署不需要那樣的華美。

「如果有那樣的女警，年輕單身男警員會無心工作。」

「說的也是。」

記得齋藤今年四十六歲。連好一把年紀的齋藤都如此心花怒放，可以想見，男署員們的內心是多麼地歡天喜地。

由於蘆田警備課長剛才的反應可圈可點，龍崎想要稱讚一下，要齋藤把他再叫過來一次。

片刻後，齋藤回來報告。

「蘆田警備課長出去了。」

「出去了？」

「對，似乎親自去護衛山咲真美了。」

瞬間龍崎懷疑自己聽錯了。

「課長親自護衛嗎？」

「是的。他似乎本來就在虎視眈眈，尋找機會。署長的一句話似乎推了他一把。」

不敢相信這是平日沉穩的蘆田會做的事。

「好吧。可以了。」龍崎說。

為什麼一個偶像可以讓男人們全都像得了失心瘋？而且連老大不小的齋藤和蘆田都無法招架……

就某個意義來說，女人真可怕。平日冷靜沉著的警察，只因為冒出一個女人，就躁動不安了起來。

不過這實在有些不像話。

是說齋藤和蘆田。齋藤也就罷了，龍崎本以為蘆田是更理性的人。若問感情和理性孰輕孰重，龍崎一定會毫不猶豫地選擇理性。

貓狗也有感情。戀愛感情，與貓的發情相差無幾。人類之所以是人類，是因為人保有理性。因為有理性，人類才能有別於其他動物。

據說一年四季都能發情的，就只有人類而已。其他動物只有在繁殖期間才會發情。換句話說，相較於其他哺乳類，人類淫蕩得難以置信。但大多數的人都安分自持地過著日常生活。這全拜發達的理性所賜。

龍崎認為理性才是成熟的證明，並相信國家公務員尤其更必須理性。龍崎本身不斷地朝這個目標努力，也希望課長們能付出這樣的努力。

他蓋完幾份公文，忽然好奇起署內的狀況，離席走出署長室。署內果然一片浮躁。一樓的男署員看起來每一個臉上都掛著傻笑。

算了，就今天一天而已。龍崎想，嘆了一口氣，這時一名署員從外頭回來了。

是刑事課重案組的戶高善信。今年三十九歲，階級是巡查部長，為人有些嫉世憤俗。

龍崎叫住戶高。

「你該不會跑去追一日署長了吧？」

「署長在開玩笑嗎？」

「每個人好像都搶著對那個叫山咲真美的偶像獻殷勤，所以我猜或許你也是。」

「誰要管那種黃毛丫頭啊？」

龍崎覺得總算遇到正常的大人了。

下午四點多，齋藤課長來報告一日署長的活動結束了。龍崎一如往常，邊蓋印章邊聽報告。

「沒出什麼問題吧？」

「是的，活動順利結束了。」

「告訴相關人員辛苦了。」

「呃……」

龍崎抬起頭來。「怎麼了？出了什麼事嗎？」

「得請署長來做個結尾……」

「需要嗎？」

「因為是從署長的任命典禮開始的，所以得請署長解除職務……」

龍崎以為又會像任命典禮那樣鬧哄哄的，正覺得厭煩，沒想到並非如此。

因為攝影記者都已經回去了。

穿著制服，規矩地將制帽抱在腋下的山咲真美和經紀人一起進入署長室。

此外，交通課長、地域課長、警務課長、警備課長也都來了。

「今天的一日署長職務辛苦你了。現在我解除你的署長職務。」龍崎說。

山咲真美恭敬地行禮。

「謝謝您。」

「如果能夠，我真想把署長的位置就這樣讓給你。」

山咲真美抬頭，一臉嚴肅地說：「謝謝您正式派人護衛，我好開心。」

「這是當然的，不能有一絲一毫的閃失。」

「希望以後還可以再見到署長。」

「真榮幸。」

經紀人插口說：「希望真美還有機會效勞。」

「這類活動都由本廳的公關部門負責，即使你這麼說，我也無能為力。」

「哦……」

這應該只是客套話，然而自己卻一板一眼地回答，所以經紀人傻住了吧。

龍崎無時無刻都很嚴肅。

山咲真美說：「今天真的很開心。」

活動平安結束，龍崎鬆了一口氣。護衛行動相當勞心費神。

「辛苦大家了。」

少女偶像再次行禮，離開署長室。

三名課長也準備離開。龍崎叫住蘆田警備課長說：「聽說課長親自護衛一日署長。」

蘆田忽然侷促不安起來。他以為自己要挨罵了。

「呃，那是因為……署長說這是重要的護衛行動……」

「你做得很好。」

「呃……？」

蘆田一臉驚訝。

「遇到重要案件，主管必須身先士卒。這樣的決心值得嘉許。」

「是……」

「很快地，我們將面對美國總統訪日這個重大的維安行動。今天我看到了你對維安的決心。」

蘆田的臉色愈來愈難看了。

怎麼回事呢？龍崎納悶。

或許蘆田以為龍崎是在嘲諷。

「我得聲明，這可不是挖苦。」

「不敢當。」

「我說完了。」

「咦……？」

蘆田扭捏地站在原地。

「怎麼了？我已經說完了，你有什麼話要說嗎？」

「沒有。屬下告退。」

蘆田離開署長室了。蘆田跟著偶像出門這件事已經無所謂了，只要他能引以為戒，往後小心就行了。

龍崎正這麼想，齋藤回來了。他臉色大變。

「怎麼了？」

「這是剛才接到的本廳公文……」

齋藤遞出一份公文，龍崎接過來一看，和前些日子的公文一樣，蓋著「重要」的方印。

龍崎瀏覽內容，一如往例，是以公文文體撰寫，文章晦澀難懂。讀著讀著，他不禁眉頭深鎖。

他對齋藤警務課長說：「叫次長過來。」

次長指的是副署長。大型警察署現在已經不太使用這個職稱，但署員之間，現在依然稱呼副署長為次長。

「好的……」

齋藤警務課長離開辦公室，約五分鐘後，他帶著貝沼副署長回來了。

「署長找我？」

貝沼的表情看起來也有些尚未夢醒。偶像的力量教人嘆為觀止。

「你看這個。」

他把齋藤課長剛送過來的文件遞出去。

「好的。」

貝沼拿出老花眼鏡閱讀公文，表情一眨眼便沉了下去。

他摘下老花眼鏡，望著龍崎。

「這是不是搞錯了……？」

「我也這麼認為。」

公文內容是通知在美國總統訪日期間，任命龍崎擔任方面警備本部的本部長。

警備本部有幾個等級。位階最高的是最高警備本部，功能是警戒、預防可能對國家造成重大影響的事件。它設置於警察廳，本部長由警察廳長官，或是次長擔任。

次一級是綜合警備本部，設於負責維安行動的警察本部。換言之，如果是首都圈的話，就是設於警視廳。本部長由警視總監或道府縣警本部長擔任。

再來則是特設警備本部及特別警備本部。

特設警備本部會配合狀況，臨時設置於必須進行維安工作的地點，幾乎都是搭設帳篷做為本部。

由於對國寶、文化財產的保護，以及對密集人口、群眾的維安，鐵則是在現場進行指揮，因此會特設於當地。本部長由警察廳警備局的警備課長或警備課理事官擔任。

特別警備本部則是在日美聯合演習等特殊的情況短期設置。本部長不論警察廳或都道府縣警，一律由警視長擔任。

方面警備本部是在限定的區域內設置。方面警備本部以下的等級，實質上不歸警察廳處理。本部長原則上為警視正階級。

最後是轄區警備本部。這屬於警察署單位的警備規模，範圍僅限於警署轄區內，本部長為署長或課長。

由於是三個月以後的事，維安行動的全貌尚不明朗，但看來主要事項已經決定，開始進行人事布局了。

從這次的規模看來，應該會在警視廳設立綜合警備本部，由警視總監擔任本部長，並在各方面本部（註：日本各都道府縣的警察本部底下，劃分有二個以上的方面本部，負責聯繫該區域內的各轄區警察署與本部，爲統籌角色。警視廳底下有十個方面本部）設置方面警備本部。

美國特勤局和SWAT（美國特種武器和戰術部隊）等維安人員也會提前到日，參與警備工作。

龍崎原本大致預測了整個大局，好整以暇地心想轄區警署只是末端，只要像小卒一樣聽命行動就行了。當然，維安行動不能掉以輕心。但警備幹部與末端，責任輕重畢竟不同，因此他想得很輕鬆。

然而現在卻接到了這樣一紙公文。

龍崎認為就像貝沼說的，這絕對是搞錯了。

方面警備本部理應設在方面本部。東京都劃分為十個區域，個別設置本部，就是為了應付這種情況。

大森署歸第二方面本部管轄，因此警備本部應該要設在位於品川區勝島的第二方面本部，由方面本部長擔任警備本部長。而且第二方面本部與第六機動隊相鄰，是設立維安行動大本營最恰當的地點。

不管由誰來想，應該都會做出這樣的結論。沒道理讓一介警察署長去擔任方面警備本部長。

龍崎不是逃避工作。上頭要他做什麼，都會全力以赴。他只是還沒有做好心理準備，也不想被迫扛起無法接受的責任。

「發文單位是本廳總務部企畫課。」龍崎說。「你幫我查一下，是不是在哪個部分搞錯了？」

龍崎覺得這事齋藤可能做不來，所以拜託貝沼。

「好的。」

貝沼沒有多說什麼，回到崗位。很可靠。由於貝沼從來不表示親近，一開始龍崎還誤會貝沼厭惡他。

副署長排斥菁英署長的例子並不罕見。實際上，掌管警察署事務的是副署長，署長職長期以來一直被當成菁英事務官的過水職位。

經驗尚少的高級事務官被派到全國警察署就任署長，對年紀相當於自己父母的部下頤指氣使。不過這樣的慣例現在已經改善了不少。

在過去那樣的年代，經營警署是副署長的職責。記者都圍繞在副署長身邊，而非署長，就是那個時代的遺緒。

但貝沼並非厭惡龍崎。後來龍崎察覺貝沼並非冷漠，只是相敬如賓，就類似管家侍奉主人的態度。

下班時間快到了，但今天應該就能問到一些頭緒吧。龍崎這麼想，繼續處理剩下的公文。

五點半多時，貝沼過來了。

「我致電本廳總務部企畫課，對方說他們只是依照指示將內容打成公文，發文給當事人。」

「感覺就像他們會打的官腔。」

龍崎自己也是公務員，但自信與那些被官僚氣息荼毒的傢伙不同。

「對方說，有意見請去找警備部長或警察廳的警備局。這我就不太有辦法了。」

龍崎明白貝沼的意思。那些人不是一介轄區副署長能直接詢問或抗議的。

「好的。辛苦了。剩下的我來處理。」

「好的。」

貝沼正要離開，在門口停步回頭說：「呃……」

「什麼事？」

「若要擔任警備本部長，肯定是一項重責。」

「是啊……」

「但署長的話，一定能夠完美達成任務。」

「一定是弄錯了。我覺得這不可能。」

貝沼行了個禮離開了。

怎麼會送來這種公文？完全無法理解。龍崎只想盡快弄清楚是哪個環節出了差錯。

3

結果這天一無所獲。警視廳負責警備企畫的單位是警備部警備第一課，但貝沼來報告的時候，警備第一課長已經離開辦公大樓了。

即使是龍崎，也對直接致電警備部長感到遲疑。現任警備部長的階級應該是高龍崎一階的警視監，較龍崎早三期或四期進入警視廳。更重要的是，警備部長不是轄區署長能輕易說得上話的對象。

龍崎以前任職警察廳長官官房（註：官房爲日本於內閣、府、省設置的機關之一，負責機密、文書、人事等事務。廳的首長爲長官，故設置於廳的稱爲「長官官房」。官房的概念源自於德國絕對君主制時代，君主重臣辦公的小房間）時，不是沒有見過警備部長，但現在兩人地位不同，即使直接提問，或許也只會吃上閉門羹。

身為公務員，應該要照章辦事。明天一早就打電話給警備企畫係長或警備第一課長吧。

回到自家後，這件事仍縈繞心頭不去。他習慣晚飯時喝一罐啤酒，從不多喝。龍崎從來沒有準時下班過，早的話是八點多，若遇上案子，有時甚至無法回家。今天算是較早回家的。這種日子，他想悠哉地泡個澡，好好地睡上一覺。方面警備本部的事令他掛心，但在家裡想東想西也沒用。有時也必須轉換一下心情。

喝完啤酒時，龍崎心情已放鬆許多。兒子邦彥從房間走了出來。他應該已經吃過晚飯，是來拿飲料的吧。

邦彥正在上補習班，準備考東大。他本來已經考上知名私大，但龍崎說念東大比較好，要他重考。邦彥有段時期似乎因此懷恨父親，但現在似乎已經不再有芥蒂了。以前龍崎希望兒子將來成為國家公務員，但現在覺得讓他自由發揮比較好。

邦彥似乎也找到目標了。他說想從事動畫相關行業。龍崎改變想法，認為不管做什麼工作，只要他認真投入就好了。

突然龍崎一時興起，想要問問：「邦彥，你知道山咲真美嗎？」

一臉倦容的邦彥頓時精神一振。

「爸怎麼會知道山咲真美？」

「她很有名嗎？」

「現在滿紅的。」

「你也喜歡她嗎？」

邦彥害臊地扭捏了一下。

「還好啦……」

這不是「還好啦」的態度。看來邦彥相當喜歡她。

「這樣啊……」

「所以說，爸怎麼會知道山咲真美啊？」

「她今天來大森署當一日署長。」

邦彥瞪圓了眼睛。

「爸見到她了？」

「嗯。我任命她擔任一日署長。」

「怎麼不告訴我啦！」邦彥不甘心地叫道。

那反應令龍崎有些吃驚。

「一直到昨天，我連她的名字都不記得……」

「這麼難得的機會，早知道就叫爸要個簽名了……」

「簽名……？」龍崎搖搖頭。「這應該沒辦法。雖然是宣傳工作，但既然就任署長，這一整天就是公務。我不能在公務期間拜託她私務。」

「簽個名罷了，又不會怎樣。」

「對警察來說是公務，身為藝人，她也是來工作的。不可以公私混淆。」

邦彥聽得目瞪口呆。

「實在有夠老古板的……」

然後就這樣回房去了。

「他怎麼搞的啊……？」

龍崎咕噥說，妻子冴子從廚房出聲。

「你高中的時候，都沒有喜歡的偶像明星嗎？」

龍崎回想了一下。

「沒印象。」

「邦彥一定很喜歡那個叫山咲真美的偶像。」

「他正在準備考試吧？考東大可不是件簡單的事。如果沒有全神貫注備考的決心……」

「這是兩碼子事啊。每個年輕人都有自己的偶像。那就類似一種模擬戀愛吧，然後在將來轉移到真正的戀愛。」

「模擬戀愛……我覺得這本身沒有意義……」

「不是有沒有意義的問題。喜歡上一個人，是身不由己的。」

「是這樣嗎？」

「真是，從來沒看過你這種木頭人。」

龍崎覺得這年頭已經沒有人在說木頭人了。

不管別人說什麼，一直以來，龍崎都遵守著自己的人生優先順位。戀愛以及對偶像類似戀愛的感情，在龍崎的優先順位中，顯然排名相當後面。

他不記得自己是從什麼時候變成這樣的。他並沒有明確地去意識，只是在不知不覺間，過上了這樣的人生。

「我回來了！」

玄關傳來美紀的聲音。

她進公司才第一年，但似乎經常加班。她說她進了廣告代理商，但龍崎沒問過具體工作內容。泡沫經濟時期姑且不論，但現在每家企業應該都在撙節廣告開支，所以代理商為了生存也競爭得相當辛苦吧。

不過看來似乎還是有讓進公司第一年的菜鳥加班的工作量。

「咦，爸，今天好早。」

「嗯……」

其實龍崎覺得這是暴風雨前的寧靜，但沒有說出來。

方面警備本部長的事，他也還沒有告訴妻子冴子。他想等完全確定了再說。龍崎仍然懷疑是出了某些差錯。

「你還沒吃飯吧？」冴子問美紀。

「還沒。馬上就來吃。」

她匆匆回房換衣服。龍崎想要從飯廳移動到客廳，冴子發現，瞪住了他，默默要求他留在原地。美紀換完衣服，來到餐桌旁。已經換上睡衣了。

「你也太邋遢了……」龍崎蹙眉。

「哪裡邋遢了？」

「居然穿睡衣吃飯，沒教養。」

「睡衣……？這叫家居服好嗎？」

「可是你會穿著它睡覺吧？那就是睡衣。」

「這樣比較輕鬆啊。」

「不是輕鬆就好。」

但美紀依舊不回房更衣，就這樣吃起飯來。龍崎打開晚報。

一想到必須談論昨天冴子說的美紀的交往問題，龍崎就覺得麻煩。沒必要打草驚蛇。他默默看著報紙。

他一直戒備著美紀何時會開口。如果忠典要求交往，跟他交往就好了；

如果不願意，拒絕就是了。

只是這樣罷了。龍崎不會應付戀愛問題，也不知道該給什麼樣的建議。

如果美紀提起，他打算直接說出內心的想法。

用完飯後美紀說：「我吃飽了。爸要洗澡嗎？」

「當然要洗啊……」

「我可以先洗嗎？我累死了，明天又要早起……我要去洗澡睡覺了。」

「可以啊。」

龍崎有些失落地應道。

原來她沒有要討論和忠典的交往問題嗎……？

美紀回去房間，一會兒後去了浴室。

龍崎看冴子。「她看起來沒在煩惱的樣子啊？」

「那孩子搞不好像到你……」

「你是說她像木頭人嗎？」

「忠典一定這麼覺得。」

「怎麼，原來你是站在忠典那邊啊？」

「也不是，我只是不希望她變成一個踐踏別人感情的孩子。」

「什麼踐踏別人感情，太誇張了吧。」

「沒關係，我再找機會跟她說。」

「別干涉太多吧。那是他們自己的問題。」

冴子沒有繼續再提這件事。龍崎移動到客廳的沙發，打開電視，不停地切換頻道。

最後他選了NHK的報導節目。沒有其他想看的節目。電視從什麼時候開始變得這麼無聊了？至少大學的時候，自己還會看電視的。年輕的時候，他想在電視上看到什麼？

節目變得無趣應該是事實。每一台都是搞笑藝人登場的綜藝節目，要不然就是猜謎節目。再來就是溫泉旅行、美食節目……每天的內容千篇一律，要人感興趣才是強人所難。

龍崎看著新聞，發現自己鬆了一口氣。他很慶幸美紀沒有開口商量。

這樣啊，美紀像我啊。既然如此，不必迎合世人，朝自己相信的道路邁進就是了。龍崎想著，心不在焉地看電視。

隔天星期三，龍崎出勤時還擔心署內也許還意猶未盡地沉浸在昨天一日署長的情緒中，結果是他多慮了。署內完全恢復了日常的光景。

咱們署員還是很能幹的。他這麼想著，坐到位置上，齋藤警務課長一如往常地前來，告知今天的預定行程，然後搬來數量驚人的公文。

龍崎沒有動公文，而是先打電話給警視廳的警備部警備第一課的警備企畫係長。龍崎和係長不認識，但自己的階級是警視長，對方是警部。

在辦案現場，階級不太受到重視，但像這樣直接詢問或提出要求時，階級相當管用。

「大森署署長……啊，龍崎先生是吧？」對方說。

看來他知道自己。不過龍崎從警察廳的長官官房總務課長被降調到轄區警署擔任署長，卻沒有辭掉警職，在警界或許已經成了個名人。

警備企畫係長接著說：「請問有什麼事呢？」

「昨天我接到任命狀……」

「任命狀？」

「是美國總統訪日時的警備計畫的任命狀。公文上說要任命我為方面警備本部長……」

「噢，那件事啊。這怎麼了嗎？」

「什麼怎麼了，轄區署長怎麼能擔任方面警備本部長？不管怎麼想，都應該由第二方面本部長擔任才對吧？」

「啊……」警備企畫係長的聲音慌張起來。「請稍等一下。」

他似乎用手摀住話筒，在跟誰說話。龍崎等了片刻。

「確實就像您說的。不過為何會有這樣的人事令，我這裡需要調查一下。可以晚點回電給您嗎？」

「應該是哪裡出了差錯。我等你電話。」

龍崎放下話筒。

警備企畫係長應該會查出是哪個環節出了錯。這下問題就解決了！

龍崎這麼想，打開公文，開始例行的蓋章作業。將署長章沾上印泥，蓋上文件。這差事頗費勞力，蓋上幾百件公文，會累到手都沒力。

全日本的警察署署長，每天都重複著相同的工作。這豈不是人才與時間上莫大的浪費嗎？

龍崎忍不住這麼想。

回神一看，打電話給警備企畫係長後，已經過了一小時以上。對方還沒有回電。

總不會是忘了吧？對方應該也很忙，再等會兒吧。

龍崎這麼想，繼續蓋章。

一小時又過去了。龍崎決定再打一次電話。

「你說會回電給我，我一直在等……」

「啊，真抱歉。」警備企畫係長驚慌失措地說。「請稍等一下，我請警備第一課長聽電話。」

怎麼，沒辦法處理，丟給上司嗎？

龍崎蹙起眉頭。片刻之後，保留解除了。

「我是警備第一課長菅原。」

這個人龍崎也沒見過。但本廳課長的話，階級應該是警視。龍崎依然高了兩階。

「您詢問的事，似乎並沒有錯。」

「怎麼會……」龍崎感到難以置信。「你可以再查一次嗎？」

「不，確實就如同公文的內容。」

「不可能有這樣的人事。居然跳過方面本部長，任命轄區署長擔任方面警備本部長……這豈不是無視於警察的職級秩序嗎？轄區署長應該只能擔任轄區內警備本部的本部長。」

「原本是這樣沒錯。」

「那麼就應該這樣辦理。」

「但這項人事案是上頭交代的，我無權置喙。」

「上頭交代……？」

「是的。」

「上頭指的是哪裡？」

「這我不清楚。我只是聽從部長指示……」

太不負責任了……

龍崎內心咒罵，但沒有說出口。最好先掛電話，想想下一步該怎麼走。

「我懂了。打擾了。」

「不會……」

龍崎掛了電話。

這下非得去見警備部長不可了嗎……？對方是本廳部長的話，就不能直接打電話了。必須聯絡警備部的總務人員，安排時間見面。

龍崎痛恨這樣的浪費時間。可以用電話講的，打電話就好了。但官僚組織不講通融。龍崎也很清楚，若想奉行效率第一，就會遭遇意想不到的阻力，讓事情變得更難辦。

除非有人給他能夠接受的説明，否則龍崎不打算乖乖接下這份人事案。要他擔任方面警備本部長這件事本身並不是什麼大問題。問題是沒人給他一個合理的説明。

這是無視於警察組織秩序的安排，得要有恰當的解釋才對。

龍崎繼續蓋印章。他一邊機械性地動著手，一邊思忖該怎麼做才好。

警備部長應該知道內情，應該也能解釋怎麼會有這樣的人事安排。但如果對方給他一句「沒必要解釋」，他也不能如何。

只能迂迴進攻嗎……？

龍崎厭惡組織內的權謀手段。他向來認為正面進攻才是最佳選擇，實際上他也一直努力單刀直入地處理事情。

不過這也要看時間場合。

他想著這些，這時署長室外忽然吵鬧起來。

他正詫異出了什麼事，齋藤警務課長來報告了。

「署長，抓到通緝犯了。」

4

龍崎起身離開署長室。玄關聚集了許多署員，其中包括了制服員警、便衣刑警。人牆之中，一名上了手銬、繫上警繩（註：日本警方在移送輕罪嫌犯時，繫在腰上拘束的繩索）的男子被帶了進來。

抓著警繩的是戶高。

龍崎問旁邊的齋藤警務課長：「抓到通緝犯的是戶高嗎？」

「看樣子是。」

戶高被署員團團包圍，沐浴在讚賞的目光之中。他露出不屑這些讚美的表情，但龍崎認為他只是在裝模作樣。

「叫刑事課長過來報告。」

龍崎這麼交代齋藤警務課長，回到署長室。

他先繼續蓋印章，同時尋思該如何與警備部長周旋。幸好今天不必出門，感覺蓋章工作也能在下班前處理完畢。

嫌犯被抓來之後過了約三十分鐘，關本良治刑事課長才過來報告。聽完戶高報告後，應該還有拘留等手續，會拖上這麼久也是沒辦法的事。

關本課長四十八歲，是幹勁全開的類型。

「通輯犯是什麼來頭？」龍崎問。

「他是綾瀨轄區內的連續搶案嫌犯。是三個月前的案子，發布了全國通緝令。」

「人在哪裡抓到的？」

「這……」關本刑事課長瞬間支吾了一下。

「怎麼了？」

「是在和平島。」他有些歉疚地說。

和平島有什麼問題嗎？

「和平島是我們的轄區。如果是在轄區外抓到人，確實會是問題……」

「是在和平島的賽船場。」

「賽船場……？」龍崎困惑了。「難道是戶高跟蹤通緝犯到賽船場嗎？」

「似乎不是……」

「換句話說，是人在賽船場的戶高碰巧遇到該通緝犯，順便逮到的？」

「似乎是。」

「意思是戶高在勤務時間跑去賽船場？」

「沒錯。」

龍崎嘆了一口氣。抓到通緝犯是大功一件，對警署來說也是莫大的榮譽。因為跑去賽船場，所以才抓到嫌犯，所以龍崎不想過於苛責，但也不能不問問他為何勤務時間會在那種地方。

「叫戶高過來。啊，你不必在場。」

關本刑事課長一瞬間露出不知所措的樣子，但隨即應了聲「是」，離開署長室。

戶高馬上就來了。

「署長找我……？」

戶高對署長龍崎絲毫沒有敬畏的樣子。或許因為立了功，正感到得意。

「聽說你人在賽船場？」

「是的。」

「現在是勤務時間，你在那裡做什麼？」

戶高滿不在乎地回答：「巡邏啊。犯罪者最愛往那種地方跑。」

「那是綾瀨署轄區的連續強盜犯是吧？」

「對。」

「你是碰巧撞見的嗎？」

「不是說了嗎？犯罪者特別愛混賽馬場和賽船場，所以不完全是碰巧。是機率問題。」

「你記得通緝犯的長相，這一點值得稱讚。」

「謝啦。」

「我再問一次。你在賽船場做什麼？」

戶高想要說什麼，但死了心似地沉默，然後說：「去賽船場要做的事，也只有一件吧？」

「換句話說，你去那裡賭船？」

戶高的表情變難看了。他才剛立下逮捕通緝犯的大功，沒料到會被訓話。

「我去巡邏，只是順便買了張彩票。」

「你總是這麼做嗎？」

「也不是每次啦……」

「偶爾也會去大井賽馬場是嗎？」

「才不會。那裡是大井署的轄區欸。再說，我跟賽船比較合。」

「賽馬、賽船，都一樣是賭博吧？」

「完全不一樣。大井賽馬場太做作了……賽自行車、賽船比較合我的性子。」

龍崎有些感興趣。

「賽船那麼有趣嗎？」

「當然有趣呀。賽馬、賽船和賽自行車，各有各的樂趣。賽馬是馬這樣的生物在跑，所以輸贏關鍵在於觀察圍場，當然血統和騎手也有影響。」戶高沾沾自喜地大發議論。「賽自行車呢，最重要的就是勾心鬥角。自行車是人在騎的，所以微妙的人際關係會影響賽局，不光是實力而已。然後說到賽船，輸贏幾乎在起點就決定了，以賭博來說，是最有意思的。」

龍崎感到不解。

「既然輸贏在起點就決定了，那豈不是很無趣嗎？」

「署長，您知道賽船怎麼起跑嗎？」

「起跑不就是起跑嗎？」

「船是浮在水面上的，總不能『預備、跑』吧？」

「那要怎麼開始？」

「船會不停地在水上繞圈，調整速度，避免在起跑信號前越線。如果在起跑前越線就算偷跑。離線愈遠的，獲勝機率愈低，開跑的時候離線最近的就會贏。每一次都不一樣。然後賽船選手都會自己擦槳，這類技術面的因素也必須掌握。」

「槳……？」

「噢，螺旋槳啦。選手本身要維修自己的船。而用不同的方法保養船槳，船跑出來的速度也完全不同。」

「這樣啊……」龍崎不禁有些佩服。

「一旦迷上賽船，對賽馬就再也看不上眼嘍。」戶高說。

龍崎想起自己的立場。

「但是在執勤中進行那種娛樂，不值得鼓勵。你要收斂一點。」

戶高聳了一下右肩。那態度很微妙，看不出是不是同意。但龍崎決定不要再繼續數落下去。

反正就算警告，他還是照樣會去賽船場。戶高就是這種人。

「我說完了。」龍崎說。

戶高形式性地敬了個禮，卻完全感受不到敬意。這也很像戶高的作風。

「我告退了。」

「啊，我忘了說……」

「還有什麼事？」

「幹得好。」

戶高哼笑一聲，離開署長室。

龍崎繼續蓋印章，沒有多久，外線電話響起。

「喂，大森署，我是龍崎。」

「我是伊丹。幹得好。」

是警視廳刑事部長伊丹俊太郎。他與龍崎同期入廳。

不僅如此，龍崎和伊丹還是兒時玩伴。龍崎小學的時候，曾經被伊丹和他的跟班霸凌。伊丹似乎完全忘了這回事兒，但對遭到霸凌的一方來說，這是一輩子都忘不了的創傷。

「你說通緝犯嗎？」

「沒錯。大功一件。」

伊丹應該是一接到報告就立刻打電話來。

「我們署裡有個叫戶高的難搞傢伙。素行不良，但績效很好。」

「這樣的調查員要多珍惜。」

「我知道。」

龍崎尋思，伊丹平日應該常和警備部長碰面。

他這通電話來得剛好，沒道理放過這個機會。龍崎開口說：「我問你一件事。」

「什麼事？」

「你跟警備部長熟嗎？」

「熟不熟有點微妙。他比我們早三期，階級也高了一階，不過我們關係還算不錯。」

「我想跟警備部長談談，但走正規程序，感覺得花上很久。」

「應該吧。」

「你可以替我牽個線嗎？」

「要看內容。你要跟警備部長談什麼？」

龍崎簡短地說明方面警備本部長的任命狀一事。

「這樣啊……」伊丹說。「確實有些古怪。好，我知道了，交給我吧。」

電話掛斷了。

伊丹向來瀟脫大方。他很在乎媒體形象，總是扮演通情達理的上司。他活在別人的眼光中。

龍崎總疑惑他這樣不累嗎？但這就是伊丹這個人的作風，龍崎沒資格說三道四。

三十分鐘後，伊丹來電了。

「你可以現在過來嗎？」

「要我過去是可以……」

「警備部長說可以見你。」

「那我立刻過去。去警備部長室找他就行了嗎？」

「不，到警察廳。警備局的警備企畫課。」

「好。」

警視廳的警備部長，怎麼會把龍崎叫去警察廳呢？雖然有些疑惑，但既然對方願意談，應該不會有什麼問題。

龍崎立刻準備外出。

他不是穿制服，而是一身西裝坐上公務車。他打算辦完事後直接回家，不返回署裡了。

從車窗望見了警視廳獨特的建築物。警察廳就在前面的中央聯合辦公大樓二號館。

龍崎直到前年都還在這裡任職，但並沒有特別的感慨。對龍崎來說，職場只不過是工作的地方，完全不會有個人的感傷。

他出示身分證，前往警備局。廳裡他閉著眼睛都能走到目的地。雖然有許多認識的人，但慶幸的是，每個人都非常忙碌，沒人會停下來閒話家常。

警備企畫課長名叫落合貴幸，四十六歲，階級是警視長，比龍崎和伊丹晚一期。他個子瘦小，一臉狡猾相，令人聯想到伊索寓言裡的狐狸，臉上無時無刻掛著覺得有趣的冷笑。

落合熱愛一切權謀，與龍崎是兩個極端。

「啊，龍崎先生，好久不見。」

「你還沒調動吧？」

「我覺得差不多快了。這次的美國總統維安工作，或許會是最後一個差事。」

高級事務官調動頻繁，不少人每兩、三年就會調一次職位。

「我和警視廳的警備部長約在這裡碰面……」

落合點點頭。

「請往這裡。部長已經到了。」

龍崎被帶到小會議室。這間會議室也是熟悉的老地方了。

即使龍崎等人進房間，警備部長也沒有起身。他是早三期的前輩，又是階級更高一階的警視監，而且現在的龍崎只不過是轄區署長。

但警備部長的態度並不傲慢。龍崎知道，他不起身，是在表示彼此都不必客套。警備部長名叫藤本實，比龍崎大三歲，所以今年五十。

「啊，不好意思要你跑一趟。」藤部部長對龍崎說。

「哪裡，是我主動求見部長的……要求非正式會談，真是抱歉。」

藤本擺擺手。

「別在意。要是透過庶務安排，都要排到明年去嘍。」

藤本說起話來江湖味十足，或許是在扮演這樣的個性。警備部長被視為升遷之路最前端的菁英職位，因此才刻意擺出這種不拘小節的爽朗態度也說不定。菁英總是免不了樹敵。搏得他人喜愛也很重要。

「噯，坐吧。咱們彼此都忙，就開門見山吧。你要問方面警備本部長的事？」

「是的。」龍崎立刻回答。「方面警備本部長理應由方面本部長擔任，然而卻任命我這個轄區署長，有些說不過去。該不會是哪裡弄錯了吧……」

「嗯。」藤本警備部長點點頭。「對，照道理來看，確實如你所說的那樣。其實呢，這項人事案是這個人提出來的。既然警察廳的警備局都這樣說了，我也不方便說什麼。」

龍崎望向落合警備企畫課長那狡猾無比的嘴臉。

落合面露冷笑說：「平常的話，我也不會想要轄區署長來指揮方面警備本部，但你並不是一般人。你當過長官官房的總務課長，又在各個案子中展露頭角。尤其是大森署轄區內的人質事件，以及揭露真相一案，我給予高度評價。」

「我只是做好份內的工作。」

「你過謙了……你前往第一線指揮，漂亮地運用SIT與SAT。不僅如此，還推翻原以為是人質事件的案子，發現幕後真相。」

「就算是如此，也不能忽略警察組織的職階秩序啊……」

「論階級，你的階級比第二方面本部長更高上兩階。」

確實如此。從這個意義來說，對組織而言，龍崎或許是個燙手山芋。

「但就職位我只是轄區的署長。這樣安排可能會招來方面本部的不滿。」

「就是方面本部推薦你擔任警備本部長的。」

龍崎大吃一驚：「怎麼回事……？」

「你認識第二方面本部的野間崎管理官吧？」

是那傢伙……？

初次見面，野間崎便與龍崎針鋒相對。從此以後，他對龍崎似乎就沒什麼好感。

「野間崎管理官怎麼了嗎？」

「在野間崎管理官的強力遊說下，方面本部長決定推薦你。我認為這是很合理的人事決策。」

或許第二方面本部的人在陰謀策畫些什麼。龍崎這麼想，沉默不語。

藤本警備部長說：「噯，不必太擔心。你的話，絕對做得來的。畢竟你的資歷這麼豐富了。綜合警備本部成立以後，警視總監是本部長，我也會待在那裡，並不是要把所有的責任全推給你一個人。你就看在我的面子上，答應下來吧。」

部長都這麼說了，龍崎已經無法拒絕。

他原以為是某些差錯而過來釐清的，但既然警備企畫課長是出於一番考量而如此安排，龍崎也不能說什麼。

龍崎說：「我懂了。那麼我恭敬不如從命。」

「太好了。」藤本警備部長說。「幸好你是個明理人。」

落合警備企畫課長微笑。龍崎覺得那笑容似乎也別有深意。

龍崎離開警察廳，徒步前往警視廳，拜訪刑事部長室。

「嗨。」伊丹揮揮手。「談完了嗎？」

「嗯。謝謝你替我聯繫警備部長。」

「這哪算什麼，咱們是什麼交情？」

龍崎討厭伊丹這種親暱的態度。他不否定兩人小時候認識，但不認為彼此是好友還是什麼。只是同期入廳的人裡面，剛好有小學同學而已。

「然後呢……？」伊丹問。「警備本部長的事怎麼樣了？」

「我答應了。」

「這樣啊。嗯，你的話，完全夠格。畢竟你的階級是警視長，又有實績。」

「總覺得好像被陷害了。」

「陷害？誰陷害你？」

「第二方面本部的管理官和警察廳的警備企畫課長。他們肯定是要我扛起重責，虎視眈眈等著我出紕漏。」

「為什麼？」

「對方面本部來說，我是眼中釘、肉中刺。警備企畫課長則是想要除掉從升遷之路脱落的敗犬。」

「你想太多了啦。」

「要是這樣就好了……」

「怎麼難得軟弱起來了？」伊丹看看時鐘。「等我一個小時，我就可以收工離開。要不要去銀座喝一杯？」

龍崎從來沒有跟伊丹一起喝過酒。不，他從來不曾和職場上的同事去喝酒。許多警察幹部十分看重下班一起吃飯喝酒，說為了掌握部下的心，應該要多製造這類機會。

但龍崎認為沒這種必要。只要在職場做好該做的事就行了。警察同僚之間沒必要私下交好。

「不。」龍崎果斷地說。「我要回家了。我並沒有變得軟弱。」

「你還是老樣子，那麼難約。」

「太好約也很可議。」

龍崎是認真這麼說的，伊丹卻把它當成了玩笑話。龍崎在伊丹的笑聲送別下，步出刑事部長室。

5

既然答應下來，便不能馬虎行事。龍崎這麼想，在拜訪警察廳的隔天上午打電話給落合警備企畫課長。

「我是落合……」

話筒傳來裝模作樣的聲音。龍崎想起他令人聯想到狐狸的狡猾相貌。

「關於方面警備本部的事，我想請教更進一步的詳情。」

「計畫的整體細節尚未決定，這樣也無妨的話……」

「概要就行了。方面警備本部預定會是多大的規模？」

「這次的維安專案整體預計是六千人的規模，分派給除了第八、第九以外的八個方面本部。」

除掉第八和第九，應該是為了將警備人力集中在都心。

第八方面本部位在立川的多摩綜合辦公大樓內，管轄立川市、武藏野市、三鷹市、府中市等郊外的市鎮。第九位在離都心更遠的八王子，管轄八王子市、青梅市、町田市與日野市。

落合繼續說明：「單純來計算，六千人除以八個方面警備本部，每個本部會是七百五十人規模。但如你所知，維安的重點區域需要更多人手，所以會依照區域，多少有些增減。」

「七百五十人啊……比較起來，搜查本部果然規模差遠了……」

「是啊，不過這七百五十人並不是全部駐守在本部的。警備本部的角色完全是指揮，所以只有負責維安專案的幹部會常駐在本部。」

「換句話說，實際上和搜查本部沒有多大的差別？」

「比起搜查本部，更接近處理人質事件之類的指揮本部吧。你赴任大森署後，也經驗過指揮本部對吧？」

「我有經驗。不過那一次伊丹過來擔任指揮本部長，我只是守在現場的前線本部而已。」

「哪裡哪裡，聽說你大顯身手。」

龍崎又想起落合那似乎總是在陰謀策畫些什麼的嘴臉。

「這不重要。期間大概多久？」

「美國總統會在日本停留三天兩夜。一個月前便展開警戒，逐步強化警備。方面警備本部會在美國總統訪日的兩星期前正式運作。」

「那流程和搜查本部幾乎差不多。」

搜查本部一期約是二十一日。若無法在這段期間內破案，就會邁入第二期，但這時多半會進行人員縮編。

「是啊，實際運作上應該差不多。」

「我再確定一次。方面警備本部實際運作的規模，和搜查本部及指揮本部差不多，是嗎？」

「唔，搜查本部應該也有各種規模……不過粗略來說，是這樣沒錯。」

「我懂了。我會再打電話聯絡。」

龍崎掛了電話，思考了片刻。

平常的話，他都會邊蓋章邊思考。但他認為這件事過於重大，無法一心多用。

沒多久，龍崎打內線找齋藤警務課長。

「你和次長還有警備課長一起過來。」

五分鐘左右，三人過來了。

龍崎對三人說：「之前接到公文，說要任命我為美國總統訪日時的方面警備本部長，這個人事案似乎確有其事。」

三人露出三種詫異的表情。

貝沼次長發問：「也就是說，是基於某些理由，採取了這樣的安排？」

「沒錯。」

「是什麼理由？」

「好像是第二方面本部的野間崎提議的。第二方面本部長向警察廳的警備企畫課長推薦我。」

「野間崎管理官提議……？」貝沼次長揚起一邊眉毛。「看來他很不喜歡署長呢。」

「被誰討厭都無所謂。問題是我必須守在方面警備本部。換句話說，我無法待在署裡。」

「必須離開多久？」

「警備企畫課長說，美國總統訪日的行程是三天；兩星期前，方面警備本部就會正式運作。換句話說，我起碼有十七天不在署裡。」

貝沼的表情沉了下來。

「這確實影響重大，但也只能由我們這些署員咬牙撐過去了。」

「呃……」蘆田警備課長開口。「方面警備本部……？這是在說什麼？」

對了，還沒告訴他。難怪蘆田看起來最為困惑。

這類消息通常立刻就會傳遍整個署裡，所以龍崎以為蘆田警備課長當然也知道。不過因為龍崎認為或許弄錯了，所以貝沼也小心沒有透露給任何人知情。他一定也叮嚀過齋藤警務課長別多話。

貝沼就是這麼細心。

「是美國總統訪日時的維安計畫。」龍崎說明。「方面警備本部長原本應該要由第二方面本部長擔任，但本廳任命我來擔任。」

「原來如此……」

「我原本和次長說應該是哪裡弄錯了，但經過確認，原委就像我剛才說的那樣。」

「這麼一來，我們警備課幹部可能也要和署長一起駐守在那裡呢。」

「所以我有個想法。」龍崎說。「我準備把方面警備本部設在大森署。」

「設在大森署……？」貝沼蹙眉。

最慌張的是齋藤警務課長。每次要設置某些本部，警務課就必須負責安排。

「但方面警備本部的話，人數規模應該很大吧？」

「這一點我確認過了。據說和一般的搜查本部或指揮本部相去不遠。」

「但也得考慮一下預算才行……」

齋藤警務課長表情沉了下來。對轄區署來說，成立某些本部，是非常辛苦的一件大事。一般來說如果發生命案，成立特別搜查本部，那一年的尾牙預算就會被吃光。

龍崎說：「這一點我想過了。警備本部原本要設在方面本部，所以請方面本部把預算撥過來就行了。」

貝沼擔心地說：「行得通嗎？」

「我會和警察廳的警備企畫課長交涉，要他答應。」

貝沼沒有再多說什麼。

「只要方面警備本部設在大森署，我就不必離開署裡了。問題是署員的負擔……」

貝沼說：「自從得知美國總統要訪日的消息，大夥都有了一定的心理準備。」

「那麼就這麼決定了。」

龍崎說，三人默默離開署長室。他們一定都有意見想說，卻沒有人能說出口。也許是有異議，卻不知道該怎麼說。不管怎麼樣，龍崎認為要兼顧署長與方面警備本部長之職，就只有這個方法了。

三人離開後，龍崎立刻再打電話給警察廳的落合警備企畫課長。

「我有個提議。」

「是關於警備計畫嗎？」

「是的，也可以說是條件。」

「願聞其詳。」

「我負責的方面警備本部，預定要設在第二方面本部對吧？」

「當然。」

「我希望設在大森署。」

「設在轄區署嗎？」

「照剛才你所說的，我起碼也得守在本部十七天。我不能離開警署十七天這麼久。所以只要把本部設在大森署，就可以解決這個問題。」

落合半晌無語。應該是在打算盤。不久後他開口：「我會研究看看。」

「然後成立搜查本部或指揮本部時，用的是轄區署的預算。但這次情況特殊，我不想動用大森署的經費。」

「怎麼聽起來有點自私？」

「我並不想當什麼方面警備本部長。要我拒絕也可以。」

「原來如此，你說的條件是這個意思？」

「沒錯。」

「好吧，預算我會想辦法。原本就是預定要動用方面本部的預算……」

「那交涉成立嘍？」

「是啊。」

落合是個策士，卻意外爽快地答應了條件，龍崎反而覺得可疑，是他多心了嗎？

龍崎的主張合情合理，應該無人能夠反對。感覺反對聲浪最大的會是大森署署員，但這也只能交給貝沼和課長們去處理。

骰子已經扔出去。沒有後路了。

龍崎九點多回到家，立刻喝了一罐啤酒，用了晚飯。他從飯廳餐桌對廚房的妻子冴子說：「我被任命為美國總統訪日時的方面警備本部長。」

妻子從廚房走出來，問：「警備本部……？那會很辛苦嗎？」

「唔，跟搜查本部之類的差不多吧。」

「不過這是要負責保護國賓吧？壓力一定很大。」

「不是我一個人負全責。還有一個叫綜合警備本部的，那裡的本部長應該會是警視總監。底下有八個方面警備本部，我就是要擔任那八個其中之一的本部長。」

「要忙上多久？」

「至少十七天。不過我想實際上應該得忙上一個月左右……」

「本部會設在哪裡？」

「大森署。」

「咦？那不是輕鬆多了嗎？」

「是我向上頭要求的。」

「這樣啊。」

儘管覺得可能會打草驚蛇，但龍崎還是問：「美紀怎麼樣？」

「她還沒有回來。」

「加班嗎？」

「她說今天要跟人吃飯。應該是應酬吧。」

「應酬啊……」

龍崎不敢相信女兒居然到了會跟客戶應酬的年紀。感覺很古怪。

「她提到了忠典的事嗎？」

「她好像忙著工作，沒空管那件事。真是的，找到工作之前，滿腦子顧著求職；一找到工作，又成天忙工作……忠典可不會永遠等著她啊……」

「如果是真心的，應該會等她吧。」

「這種事情也是要適度地付出啊。」

「咦？是這樣的嗎？」

龍崎這個疑問是發自真心，妻子卻目瞪口呆：「你真的是個怪人。」

後來過了約一個小時，美紀回來了。全身散發出一絲酒味。

這天龍崎也入浴之後就直接睡了。這陣子都沒聊到什麼。龍崎本身非常忙碌，完全無法和家人交談的日子也不稀奇，但即使是那種時候，還是有和家人說上話的安心感。這完全要歸功於妻子。

美紀這種模樣，令龍崎不安起來。是一種女兒漸漸變得不像女兒的不安。龍崎第一次有這種感受。

忙著工作，一個月一眨眼就過去了。

這段期間收到了詳細的維安計畫。又一個月過去，齋藤警務課長正式著手成立方面警備本部。

和搜查本部等一樣，就設在禮堂。警備人員的休息處，則是在柔道場鋪上一床床被子。

警備本部和搜查本部不一樣，可想見，幹部可能都必須熬夜工作，嚴陣以待。搜查本部是處理已發生的犯罪；綁票及人質事件等案子的指揮本部，則是處理現在進行式的犯罪；警備本部則是為了防範將來的犯罪於未然。隨著保護對象移動，狀況瞬息萬變。因此美國總統抵日之後，幹部應該會連日二十四小時待命。

齋藤警務課長應該很習慣籌備各種本部了。過去他應該也經歷過好幾次搜查本部和指揮本部的設置。

問題不是容器，而是內容物。

方面本部會派誰過來？本廳呢？警察廳又是誰來？許多事情都得等到蓋子打開，才會揭曉。

都內已經進入警戒狀態。地域課增加巡邏，公安全力運轉，蒐集情報，本廳警備部與轄區警備課則逐步加派街頭的警備人手。

然後，終於到了方面警備本部成立當天。

維安相關幹部陸續抵達大森署。

本廳的警備第一課來了幾名人員。

令人驚訝的是，第二方面本部長帶著野間崎管理官一同前來。第二方面本部長名叫長谷川弘，今年四十四歲，階級為警視正。年紀還不到五十，頭髮卻相當稀疏，小腹突出。他是國家公務員第一種考試進來的，應該比龍崎晚三期。

「我是這次的副本部長。」長谷川第二方面本部長說。

龍崎不禁再次思考自己微妙的立場。

長谷川的職位比較高，但階級和年齡比較小，對早三期的龍崎用敬語說話。他的心情肯定也相當複雜。就像龍崎曾經對伊丹說過的，即使長谷川將龍崎視為眼中釘也不足為奇。

「請多指教。」

龍崎只能這麼說。

野間崎像個跟屁蟲似地黏在長谷川旁邊。野間崎並非第一種考試出身，階級是警視。年過五十，比長谷川年長許多。

就非第一種考試出身者而言，野間崎管理官算是出人頭地。能爬到警視地位的人屈指可數。看到他對長谷川諂媚的態度，龍崎似乎窺見了他升遷的祕密。但他不認為這是壞事。

龍崎平日就認為公務員應該力爭上游。出人頭地意味著權限增加。只要權限增加，自然就能做到更多的事。

雖然自己絆了一跤……

「龍崎先生……」

一道女聲呼喚，龍崎回過頭去，眼前站著一名年輕女子，穿著深藍色套裝，底下是及膝窄裙。白皙的膚色與分明的大眼令人印象深刻。頭髮長度略短，但還不到短髮。個子很高，應該有一百七。

龍崎被吸引了。雖然只有一瞬間，但可說是看得忘神。

「你是……」

「畠山美奈子。您不記得我了嗎？」

龍崎不可能忘記。

她是八年前入廳的女性高級事務官，研習期間曾被派到警察廳的總務課公關室。當時龍崎是公關室長。

當時的她也令人印象深刻。一方面是因為女性高級事務官很罕見，最重要的是她能力出眾，而且魅力十足。

「我記得。不過你變了好多。」

這是真心話。當時的美奈子還帶有學生氣息，現在卻成熟得判若兩人，而且變得更加美麗了。

美奈子輕笑：「您想說我變老了？」

美奈子本來就很美，入廳時引發了一些話題。龍崎懷念地憶起當時的事。

「並不是。」

龍崎覺得她很像誰，接著忽然想起來了。是來擔任一日署長的山咲真美。不是長得像，而是有種共通的氣質。個子也差不多高。

「研習結束後，你被分到哪裡？」

「派到警視廳，做過特殊犯調查等等。現在我在警備部警備第一課。」

「這樣啊。你也要加入這裡的警備本部？」

「是的。我被任命為龍崎先生的輔佐。」

「輔佐……？誰任命的？」

「部長。」

「藤本先生親自命令？」

「是的。請把我當成祕書，盡情使喚吧。」

或許是出於把方面警備本部長的職位推給龍崎的虧欠，藤本才會派個美女給他。龍崎想起研習期間的美奈子。不得不承認，她確實是矚目的焦點。

不過對龍崎來說，重要的不是長得漂亮，而她是高級事務官。龍崎可不想要無能的人來輔佐他。既然美奈子有八年的特殊犯調查經驗，又待過警備部，龍崎判斷她應該有足夠的能力，便說：「拜託了。我會好好鞭策你。」

「好的。」

美奈子微笑。看到她的笑容，龍崎胸口深處湧出一陣酥癢般的古怪感覺。

這是什麼感覺……？

龍崎對自己的心理活動感到不可思議。

6

大森署的講堂形成一塊塊辦公區，各有幾名管理官坐鎮。負責聯絡及會計等實務的人員聚在周邊，幹部席則設在可將全場盡收眼底的位置。

坐在幹部席的有本部長龍崎，以及副本部長長谷川第二方面本部長。

還有一個空位是準備給警視廳警備部長的，這是禮貌性安排，他應該不會真的來訪。

幹部席近旁有祕書官的辦公區，長谷川方面本部長的祕書官野間崎管理官，以及龍崎的祕書官畠山美奈子都坐在那裡。

每個辦公區放置幾台筆電，牆邊座位有無線電機及大型擴音器、監視器螢幕等等。

在過去一個月的籌備階段，以主要車站和商店街為中心，增加了責任地區內的監視器數量。第二方面本部的管轄範圍內，最重要的設施是羽田機場。總統專機空軍一號預定降落在羽田，而非成田。光是這一點，就可看出龍崎的責任有多重大。

但龍崎並不認為這是多大的負擔。只要做好該做的事就行了。或許會發生意外，但也只需要沉穩地應變處理即可。只能運用手頭的陣仗做到最好。想東想西也沒用。

再說，美國總統移動路線的維安，並非只有方面警備本部負責。綜合警備本部應該會處理幾乎所有的狀況。龍崎這些方面警備本部人員只需要協力配合即可。

警視廳警備部的藤本部長派來的畠山美奈子不愧是菁英，相當優秀。假設有十名高級事務官進入警察廳，女性至多只占一名。有些年度甚至完全沒有女性入選，門檻就是如此之高。

而她突破了這樣的門檻，而且還在刑事部待過特殊犯罪係，這是一大亮點。特殊犯罪係是處理綁架、據守等特殊犯罪的專家部門，以嚴格的訓練聞名。特殊犯罪係會挖角全國的優秀女警。因為在綁架案中，她們必須偽裝成人質家屬。

而她目前任職警備部。光看經歷，就可以知道她經驗豐富。

畠山美奈子的能力，似乎不光是從經驗裡學來的。她原本就心思細膩的。甫上任不久，龍崎就發現畠山美奈子是不可多得的祕書官人才。

剛設立時還有些扞格的方面警備本部，也隨著時間過去，逐步順暢運作。龍崎想全面掌握整體的資訊流動。美國總統將在九月四日星期五抵達日本。距離那天還有兩星期，有足夠的時間進行微調。

龍崎從大森署各單位調來數名署員負責聯絡。一般搜查本部也會這麼做，應該沒有問題。

他要蘆田警備課長也常駐在本部。他認為這也是理所當然的安排。

龍崎覺得可能還需要補充幾名人員，實際做為管理官的手腳行動。

目前看起來似乎足夠了，但遇到緊急狀況時，顯然將會捉襟見肘。

畠山美奈子流暢地處理業務。雖然本部還有其他大森署的制服女警，但她就是格外引人注目。

她穿著深藍色窄裙套裝，和女警制服差不了多少，卻不知為何極為惹眼。太荒唐了……我到底在想什麼？現在可不是被女人吸引的時候。

龍崎別開目光，再次眺望本部全體。

長谷川第二方面本部長幾乎不發言。不知道他對於自己和龍崎可說是立場與階級扭曲的狀況做何感想。

龍崎決定不去在意。只要不妨礙工作，不管長谷川做何想法都無所謂。如果他會礙事，請他離開方面本部就是了。

「本部長，外線電話。」

聯絡人員出聲，龍崎和長谷川同時反應。

「本部長」這個稱呼太混淆了。龍崎是方面警備本部長，而長谷川是第二方面本部長。龍崎問：「你說的本部長，是警備本部長嗎？」

「啊，是的。」

「太混淆了，叫名字。」

「是。警備部長在外線，找龍崎本部長。」

龍崎接起電話，話筒傳來那有些江湖味的直率口吻：「啊，龍崎先生？警備本部狀況怎麼樣？」

「起步算是不錯。還需要一點微調……」

「都交給你。不過主要的警備工作，我們綜合警備本部這邊會努力，你們方面警備本部好好輔助我們就行了。」

「明白。」

「對了，畠山就交給你好好照顧嘍。」

龍崎不懂這是什麼意思。

「呃……」

「她很能幹，而且又是個大美女對吧？我特別重視她。啊，這話可沒有什麼奇怪的意思，是基於上司立場的發言。警備本部會是很好的經驗，希望你好好訓練她。」

「這樣的話，交給我吧。」
「畠山好像也很中意你。」
「中意……？」龍崎迷惑不解。「我只在她研習的時候見過……」
「應該是你讓她印象深刻吧。再說，你是個話題不斷的熱門人物，她很清楚你的事。」
話題不斷的熱門人物？這形容令龍崎意外。他只是基於自己的信念，認真工作罷了。如果因此引發話題，被當成怪人，那分明是周圍的人有問題。
龍崎真心這麼想。
「總之受人愛戴，你也覺得不賴吧？」
「視我為上司愛戴就沒問題。」
話筒裡傳來笑聲。
「你真的就像伊丹說的那樣。那，萬事拜託嘍。」
電話掛斷了。
長谷川關心地問：「電話裡說什麼？」

警備部長親自打電話來，令他很好奇吧。警視廳的部長地位僅次於警視總監、副總監。而且藤本部長的階級是警視監，對警視正的長谷川來說，是高不可攀的存在。

「是來探詢情況吧。」

「探詢情況……？部長特別關心這裡嗎？」

「應該沒那麼誇張。或許他打電話給每一個方面本部。」

「哦……」

長谷川曖昧地應話。搞不懂他在想什麼。

瞬間龍崎心想，也許藤本部長是擔心畠山美奈子，才會打電話來。那麼剛才應該叫她過來聽電話嗎……？

不過現在再來想這些也沒用。八成是自己多心了。如果藤本想跟畠山說話，應該會直接打給她。

龍崎看向畠山美奈子。突然四目相接了。

龍崎錯失別開視線的時機，兩人對望了片刻。龍崎主動別開目光。

他覺得坐立難安。

這沒什麼不自然的，龍崎想。

畠山美奈子是祕書官，應該隨時都在留意龍崎的動向。龍崎看她，她就會反射性地回看過來，如此罷了。

藤本部長說畠山欣賞龍崎，所以龍崎忍不住去意識到她了。

龍崎想要改變一下心情。

「這裡可以交給你一下嗎？我想去署長室看看……」

他對長谷川說，長谷川立刻點頭：「請，這裡就交給我吧。」

龍崎覺得這不是方面本部長對轄區署長的態度。實際上他第一次見到管理官野間崎的時候，野間崎就對他破口大罵。因為方面本部的職責，是管理與監督轄區警署。

長谷川是野間崎的上司，他大可以對龍崎更傲慢一些。他果然是在乎階級和入廳年度嗎……？

龍崎想著這些，離開座位。

進署長室一看，貝沼副署長和齋藤警務課長在裡面。齋藤翻開公文，貝沼蓋下署長章。

「署長……」齋藤警務課長注意到龍崎。「這好像怎麼蓋都蓋不完。」

「你總算知道我的感受了。」

貝沼副署長說：「真令人同情。」

「不必停手，邊做邊聽我說。對於設立方面警備本部，署內反應如何？」

貝沼回答：「應該就像署長預估的。」

「有不滿的聲音是吧？」

「不過沒必要在意。基層人員就愛抱怨，如此罷了。」

「但不滿累積過多，會拖延工作效率。如果影響到辦案能力或破案率就不好了。」

「關於這一點，我會要各課長徹底鞭策。」

「麻煩了。」

「署長要回去警備本部了嗎？」

「不，我想在署內四處看看。若有不滿，或許可以直接聽聽他們的聲音。」

齋藤警務課長說：「好像水戶黃門（註：即日本江戶時代的水戶藩藩主德川光圀。在後世的創作中被描寫成一個帶著隨從，微服周遊列國，勸善懲惡的角色）。」

「水戶黃門啊……」龍崎說。「其實他只是在江戶和領地之間來回過幾次罷了，實際上並沒有周遊全國。」

「噢……」齋藤佩服地說。「原來是這樣啊。」

龍崎離開署長室。

在署長面前，每個人都裝出循規蹈矩的模樣，很難直接聽到不滿的意見。該躲起來偷聽嗎？正當龍崎這麼想，行經走廊的時候，轉角另一頭傳來熟悉的聲音。

「受不了，咱們光自己的事就夠忙的了，怎麼會有人把警備本部搬過來啦……？」

一定是戶高的聲音。

「設在第二方面本部就好了嘛。那裡就在六機旁邊，明明比較方便……」

龍崎想，原來如此，這就是典型的不滿意見啊。他悄悄折返，不讓戶高發現。

返回禮堂的方面警備本部後，龍崎開始列出要從大森署調過來的補充人員名單。

他把戶高也列入其中。

方面警備本部是二十四小時運作。管理官目前是輪班制，但美國總統抵日後，應該會全員在本部待命。

龍崎在晚上八點下班回家。長谷川不肯比龍崎早下班，祕書官野間崎和畠山也一樣。也為了他們著想，龍崎認為自己早一點下班比較好。

今天有時間在家裡悠哉一下。像平常一樣，只喝一罐啤酒，用餐入浴……

抵達家裡，坐到餐桌旁，美紀已經回家了。

「你今天回來得好早。」

龍崎說，美紀卻沒有反應。樣子有些不對勁。
「你回來了。」
妻子冴子從廚房探頭出來招呼。龍崎去臥房更衣，冴子跟了上來。
龍崎問她：「美紀怪怪的，她怎麼了嗎？」
「好像跟忠典吵架了。」
「吵架……？」
龍崎沒什麼興趣。男女交往，免不了拌嘴吵架。他想快點吃晚飯。
「好像吵得很凶。」
「吵得再怎麼凶，也不過是小倆口鬧脾氣吧？」
「忠典好像要求分手。」
「分手……？他們的交往正式到可以分手嗎？」
「意思是不想再繼續交往下去了吧。」
「反正很快就會和好了吧。我不是說了嗎？不管怎麼樣，那都是他們之間的問題，不是父母該一一干涉的事。」

「是這樣沒錯，但如果美紀說什麼，你可要好好聽她說。」

「好，我知道。」

也只能這麼回答了。龍崎想快點喝啤酒。

冴子先離開臥室，變成龍崎跟在後面出去。

美紀還坐在餐桌旁。龍崎顧忌著女兒，開始用餐。他只喝一罐啤酒，吃配菜下酒。喝完啤酒後要妻子盛飯，舀加熱過的味噌湯。

用餐期間，美紀一語不發。龍崎也默默無語。感覺要是開口，氣氛會變得很怪。

這種時候，就該見招拆招。

話說回來，龍崎從來沒想過會為女兒的戀愛問題煩心。感覺不久前，女兒還抱著洋娃娃和布偶在玩耍。

歲月如梭。這表示我也老了這麼多了……

龍崎正沉浸在感慨，美紀突然開口：「麻煩死了。」

龍崎不明所以，盯著美紀看。眼前的女兒有著一張成熟女子的臉龐，令他有些吃了一驚。

「麻煩……？」

「對。什麼交往、結婚……我還不想去想那些。我現在光是顧工作都來不及了。」

「咦……？這年頭的年輕人不是把工作和戀愛當成兩回事嗎？我聽說有些人為了約會，會滿不在乎地拒絕加班。」

「不是每個人都那樣的。」

「你是說，你現在想要全神貫注在工作上？」

「對。」

不知為何，龍崎鬆了一口氣，但理由連他自己都不明白。

「不論男女，認真工作都是件好事。」

冴子從廚房過來，坐到椅子上開口：「忠典的工作應該也很忙碌，但他還是想要和你交往對吧？」

龍崎覺得妻子插話的時機恰到好處。妻子很擅長拿捏與人的距離，經常令龍崎讚佩不已。

「我不懂為什麼現在這樣不行。」

「他是想好好和你談談將來的事吧。」

「我還不想去想那些。」

「你也得考慮一下忠典的心情啊。」

「那我的心情就無所謂嗎？」

「沒有人那樣說，只是說你也得認真考慮一下。」

「我很認真啊。我認真想過，結論就是還無法決定要不要結婚啊。」

「那你好好告訴忠典了嗎？」

「我覺得我說了啊……」

「什麼叫覺得？」

「最近我們沒怎麼見面，就算見面，也沒心情好好討論……我現在腦子裡只容得下工作。」

見兩個女人聊起來，龍崎鬆了一口氣。不過居然能為了交往、結婚問題聊得這麼嚴肅，他甚至覺得驚異。

世上有太多更重要的事了。以這個意義來說，龍崎想要支持美紀。

美紀才剛進公司，還不熟悉業務。她說她現在光是公司的事情就忙不過來，龍崎非常能夠理解。

為什麼忠典就不能理解呢？果然還是太年輕了嗎？年輕人有時候只是因為自己的要求不被接受，就會感到憤怒。但也有可能忠典本來就是個自私任性的人。或許他無法理解美紀的處境，只想將自己的願望強加於人。

「孩子的爸，你怎麼想？」冴子把話題丟過來。

幹嘛，你們女人家自己解決就好啦……？

「美紀的主旨很明確。她才剛進公司，在熟悉工作之前，無暇思考別的事。所以她才會說以現狀來看，她無法考慮男女交往，甚至是結婚。優先順位很明確。」

美紀點點頭：「就是啊。」

「不過……」龍崎說。「有一點我無法理解。」

「什麼？」

「既然你的想法這麼明確，只不過是與忠典意見相左罷了，沒什麼好消沉沮喪的吧？爸不懂為什麼你要這麼煩惱。」

「什麼意見相左……」冴子說。「這是在討論要不要繼續交往下去的問題吔，會煩惱是當然的吧？」

「美紀不是說她想要暫時維持原狀嗎？過去兩人也相處得不錯吧？既然如此，就應該是忠典在無理取鬧。」

「忠典應該是等了很久吧。」

「等？等什麼……？」

「等美紀大學畢業。」

「為什麼？」

「為了以結婚為前提和她交往。」

「這種事必須要雙方同意才有辦法吧？至少美紀說對她而言還太早。」

「就是說啊。」美紀插口。

「既然之前都能等了，現在卻說不能再等，豈不奇怪？」

冴子完全沒轍地看著龍崎。

「看來美紀真的像到你了。」

「我們是父女啊。」

「總之，」冴子對美紀說。「你得好好跟忠典談談才行。」

「我知道。」

美紀說完站起來，好像要回房間了。龍崎覺得如釋重負。

美紀離開後，冴子說：「看來找你商量戀愛問題也是白搭。」

「我只是表達自己的意見……」

「難道你覺得美紀跟忠典分手比較好？」

龍崎大吃一驚：「我怎麼會那樣想？」

「我之前不是說過，父親都會嫉妒女兒的男朋友？」

「我根本沒有那種念頭。」

這是真心話。

「真的嗎？」

「我才不會為那種事撒謊。」

「那樣的話……」冴子說。「你果真是個如假包換的木頭人。」

7

隔天是星期六，但自從方面警備本部成立以後，就沒有假日可言。

龍崎出勤後，首先去了署長室。齋藤警務課長也來了。龍崎聆聽昨天的報告。

「有些公文無論如何需要署長核批，都放在那裡了。」

卷宗堆在會客區桌上。數目不多。

「好，我會看。」

「哎，昨天蓋完章都九點多了。」

我可是天天都要搞這些。

龍崎想，但沒有說出口。雙方立場不同，即使說了，也只是牢騷話而已。

「後來署裡狀況如何？」

「目前似乎沒有問題。許多管理官階層人員進出，令人緊張呢。」

「咱們是房東，沒必要在意。」

「呃，話是這樣說沒錯……」

「今天是星期六，沒有需要蓋章的公文吧？你可以回家沒關係。」

齋藤警務課長的表情明顯地鬆了一口氣。

「好的……」

龍崎迅速翻閱約十本的卷宗蓋完章，然後離開署長室，前往方面警備本部。長谷川第二方面本部長和野間崎管理官已經來了。

「兩位總不會從昨晚就一直守在這裡吧？」龍崎問。

長谷川苦笑：「怎麼可能……？只是直接到這裡出勤而已。」

野間崎關心地看著龍崎與長谷川說話。

畠山走過來。「早安。」

「早，有什麼問題嗎？」

「沒有。」

一陣淡雅的香味。

龍崎忍不住問：「你搽了香水嗎？」

畠山一臉驚訝地說：「不。我從待在特殊犯罪係的時候就不搽香水了。」

應該是為了避免讓周圍的人留下特別的印象。特殊犯罪係有時需要祕密行動，因此必須格外留意。

那麼是洗髮精或化妝品、洗衣精的香味嗎？平常處在全是男人的職場，這令人感到新鮮。美紀也化妝，應該也搽香水，但龍崎完全沒留意過。也許因為是職場，所以才會察覺。他並不覺得這有什麼不對。

「不，那就好。」

畠山今天穿黑色的長褲套裝。平常龍崎根本不會在乎部下穿什麼。只因為是女性，就會注意到她們的服裝嗎？龍崎尋思著。

新加入方面警備本部的大森署署員過來了。交通課一名、地域課一名，還有刑事課的戶高。

交通課和地域課的兩人神情緊張。他們穿著制服，而戶高一如往常，穿著有些老舊的西裝，卻顯得邋遢。

戶高顯然很不高興。被調到方面警備本部，他覺得很生氣吧。今天星期六，更是如此。

龍崎叫來這三人說：「接下來直到美國總統回國，會變得有些忙碌，請大家全力支援。」

兩名制服員警惶恐地敬禮，戶高卻不是如此。他對龍崎投以挑戰的眼神。

「你有什麼意見嗎？」

「我是刑警，為什麼非得參加警備本部不可？」

「這沒什麼特別的吧？成立搜查本部時，也經常會從刑事課以外的部署調派人力支援，是同樣的安排。」

戶高似乎還有話想說。

「你漂亮地揪出通緝犯，逮捕歸案。」龍崎說。「我希望你在警備本部也發揮長才。」

戶高聳了一下肩膀：「我不認為維安工作能讓我發揮專長……」

「大型案子需要各路人才。」

戶高沒有應話。

接下來龍崎將三人分配到不同的班。

警備本部大致上分為交通管制班、分析監視器並蒐集資訊來進行周邊警戒的班、負責聯絡綜合警備本部的班，以及類似遊擊隊的特命班。

從地域課新來的署員分配到周邊警戒班、交通課的署員則派到交通管制班，戶高則被編到特命班。

目前最忙碌的是負責與綜合警備本部通訊的聯絡班。他們接到各種指令，轉達給各管理官。然後管理官再把指令分派給各班，但交通管制還在準備階段，因此實際作業並不多。

忙碌僅次於聯絡班的，是周邊警戒班。他們隨時留意監視，不放過責任地區內的任何犯罪徵兆。任務正式開始前，方面警備本部還在準備階段，但周邊警戒班已經投入實務。

本廳的公安部也會送來責任地區內的黑名單團體的動向等情報。若有任何可疑活動，必須立刻處理。而特命班就是為此而存在。特命班必須在事前防堵可疑活動。此外還會根據現場情報，呼叫待命的機動隊支援。

本部成立第二天，齒輪便完全契合了。龍崎這麼感覺，頗為滿意。

這是以經驗豐富的管理官階級為中心組成的本部。這一點和一般的搜查本部等不同。

就像藤本警備部長說的，這對畠山也是個很好的學習經驗。龍崎這麼想著，望向她那裡。

又四目相接了。

龍崎感到一陣奇妙的怦然心動，別開眼神。

怎麼搞的……？

我在慌什麼？只是跟祕書官對上眼罷了啊……

龍崎望向管理官送來的便條和文件，想要專注在確認事項上。

目前作業順利進行。長谷川和野間崎都很安分，但還不能對他們掉以輕心。他們很有可能完全聽命於龍崎，靜靜地等待他捅出婁子。

總之必須全力以赴，順利領導方面警備本部，直到美國總統回國。龍崎要自己只想著這件事。

星期天也平安無事地繼續作業，星期一早晨到來了。

龍崎先是注意到沒看見畠山人影。他在幹部席坐下，野間崎管理官立刻過來告訴龍崎：「畠山祕書官聯絡，說藤本警備部長找她，她今天下午才會過來。」

「這樣啊……」

野間崎回座後，龍崎不知為何煩躁起來。

畠山是我的祕書官吧？為何不直接聯絡我？為什麼要野間崎轉告？藤本警備部長找畠山有什麼事？既然把她交給我當祕書官，在方面警備本部解散以前，她就是我的部下吧？卻任意把她找去，要我怎麼辦事？

一整個上午，龍崎心情低落，無法專心在業務上。他覺得光是畠山不在，本部內的氛圍便截然不同。

「您怎麼了嗎？」

快中午的時候，鄰座的長谷川出聲問。

「嗯……？」

龍崎不懂他在問什麼。

「您看起來有些煩躁，是遇上什麼問題了嗎？」

聽到這話，龍崎才自覺到自己有些失常。

我到底在氣什麼？

畠山是本廳警備部的人，警備部長叫她過去，也是天經地義的事。居然為這種事生氣，自己簡直莫名其妙。

「不，沒事。」

「這樣啊……」長谷川瞥了龍崎一眼說。「沒事就好，我擔心您是不是身體不適。」

「沒這回事。」

這傢伙不容輕忽大意。

龍崎想，長谷川都能爬到方面本部的首長位置了，具備這點敏銳或許是理所當然。長谷川安靜不起眼，但似乎觀察入微。得小心不被他抓到把柄。

龍崎想要用午飯，不知為何沒有食欲。他勉強把蕎麥麵用湯沖進肚子裡。

下午畠山到本部來了。她立刻向龍崎報到。

「抱歉上午缺勤了。警備部長把這個交給我。」

她遞出一份檔案。

「辛苦了。」

龍崎公事公辦地說，接過檔案。

是提前抵日的美國維安人員名單。上面列出特勤局人員與特種部隊的人數等等。

龍崎一邊確定內容，感到內心不可思議地平靜下來。

畠山回座了。今天的她穿著米色的窄裙套裝，看起來比平常更燦爛奪目。

她一現身，整個本部便似乎熠熠生輝起來。他覺得之前有過相同的體驗。

是什麼去了……？

片刻之後他想了起來。

是山咲真美的一日署長活動。只是偶像到場，整個署內便跟著神采飛揚起來，年輕署員全都浮躁難安。

怎麼，原來我跟那些年輕人沒兩樣嗎……？

龍崎感到困惑。

這怎麼可能？我是她的上司，而她形同警備部長託付給我的人。

全是男人的本部裡的年輕女菁英。換句話說，她是異類分子。我只是對此過度反應罷了。

龍崎如此自我分析。

感覺又會不小心對望，龍崎盡量不去看她。

到了傍晚，龍崎不經意地朝祕書官席一瞥，發現野間崎和畠山正在說話。看起來不像在談公事。野間崎不時發出笑聲。是一種諂媚的笑。

龍崎感到腦中一陣焦灼，頓時失去了冷靜。

畠山展露笑容。瞬間龍崎激昂起來。原本他一直掌握著本部內的動靜，這時卻感覺景色整個扭曲了。無線電聯絡和電話應答聲遠離了。龍崎陷入慌亂。他不明白發生了什麼事。他無法處理自己的感情洪流。

忽然間，他感覺到旁邊座位的長谷川在看。他不想被長谷川識破內心的動搖。

「這邊麻煩您一下。」龍崎想要離席。

「呃……」長谷川開口。

「什麼事？」

「剛才的資料可以讓我也看一下嗎？我想資訊應該共享……」

「剛才的資料……？」

「警備部長送來的資料。是美方的維安人員名單吧？」

「啊……」

長谷川說的沒錯。本部長與副本部長應該隨時共享資訊。原本龍崎應該立刻這麼做才對。

這要是平常的龍崎，一定會立刻把檔案交給長谷川。為什麼他沒有這麼做？龍崎連自己都感到匪夷所思。

「是啊。」龍崎把檔案交給長谷川。「請把內容通知給您認為需要知道的人。」

「好的。」

龍崎離開禮堂。門口附近有幾個記者，他們同時望向龍崎。

龍崎覺得內心的動搖會被看透，快步經過他們前面，進入洗手間廁間，做了深呼吸。

這到底是怎麼搞的……？

龍崎自問。

我怎麼會變得如此情緒化？

只是畠山和野間崎親密交談罷了。他們都是祕書官，往後兩星期要攜手克服鋪天蓋地而來的業務，建立良好關係絕對不會是壞事。

龍崎明白，然而他卻怎麼樣都無法克制激昂的感情。龍崎益發困惑了。

他無法理解自己出了什麼問題。他懷疑自己神智失常了。

或許自己在不知不覺間承受到極大的壓力，因此精神耗弱了也說不定。

不，這不可能。這點工作罷了，自己不可能無法勝任。事實上，本部就順利運作著。

不是因為工作，那到底是為什麼？

是嫉妒。

龍崎察覺，一陣驚愕。

這不可能。他不願意承認。

我對畠山應該沒有特別的感情。她的確是個異類分子，只是這樣罷了。

沒事的。她只不過是個祕書官。現在本部還沒有緊張感，等到美國總統訪日的日子接近，自己就沒空管畠山了。

龍崎這麼告訴自己，再一次深呼吸。

離開廁間時，野間崎正好走進廁所來，龍崎忍不住停下腳步。

野間崎看起來與平常無異。

「署長——不，本部長……您在廁所啊……」

「我不能上廁所嗎？」

「呃，不是……」

龍崎正要穿過野間崎旁邊離開洗手間，卻忽然怎麼也忍不住問了野間崎：「畠山的表現怎麼樣？」

「噢，她很優秀。跟我不一樣，是菁英分子嘛。」語氣有些諷刺。「不過她一點都不會盛氣凌人，這一點很不錯。」

「這樣嗎？」

「她說她是北海道人，有一點阿伊努（註：日本北海道的原住民）血統……」

原來在聊這種私事？

龍崎只應了一聲，便離開洗手間。

關於畠山，野間崎知道自己不知道的事。只是這樣罷了，龍崎卻憤憤不平。

我是失常了嗎……？

龍崎努力不去想到她，回到座位。所謂不去想，就等於是不斷地去想。這樣的矛盾實在莫可奈何。

龍崎問長谷川：「今天還有什麼事情要處理嗎？」

長谷川想了一下回答：「不，應該沒有……」

「那麼我先下班了。」

還不到六點。以龍崎來說，這時間下班非常早。會顯得不自然嗎？龍崎擔心，但長谷川沒有起疑的樣子。

「好的。我再待一會兒。」

「接下來交給您了。」

「請問……」長谷川說。

「什麼？」

「您的身體真的沒問題嗎？」

「我好得很。」

長谷川點點頭。

「辛苦了。」

身體很好，有問題的是精神狀態。龍崎內心如此喃喃，準備收拾下班。

畠山注意到，走過來問：「本部長要下班了嗎？」

好香。

就是這味道在作怪。龍崎心想說：「嗯，你也可以下班了。」

「好的。」

龍崎快步離開本部。

回到家後，冴子一臉驚訝地說：「咦，今天怎麼回來得這麼早？」

龍崎的心情尚未從動搖中平復過來。他不願意承認那動搖。

他莫名地不耐，因此對妻子的口氣忍不住變得刻薄。

「我就不能早回來嗎？」

一說出口就後悔了，但妻子似乎並不在意。

龍崎換了衣服，坐在客廳沙發看晚報。平常的話，他可以立刻掌握文字內容，今天卻完全看不進去。

打開電視，正在播晚間新聞。他發現自己對報導內容毫無反應。

我到底是怎麼了？

「你怎麼在發呆……？」

妻子的聲音令他赫然回神。

我在發呆……？龍崎毫無自覺。

他想要獨處。

「水熱了嗎？我想在吃飯前先洗澡。」

「已經熱好了。」

他覺得泡個澡，舒服一下，或許可以改變心情。

龍崎本來討厭泡長澡，冴子都說他簡直像烏鴉行水，沾一下就起來了。

龍崎泡了一會兒澡，但心情還是一樣紛亂。

晚飯像平常一樣喝啤酒，但今天覺得一罐不夠。他一下子喝光，又再去冰箱拿了一罐。

「咦，真難得。」冴子見狀說。

「嗯，難得提早回家……」

「工作上出了什麼問題嗎？」

「不，很順利。為什麼這麼問？」

「因為你回家以後，就一直眉頭深鎖……」

「我跟平常不一樣嗎？」

「有點難說。你總是這麼冷淡嘛。」

「美紀還沒有回家嗎？」

「今天好像會晚點回來。」

太好了。今天他實在沒心情管美紀的問題。

因為比平常多喝了一罐啤酒，醉意有點上來了。

「今天我要早點上床休息。」

「你好像很累。」

「嗯。」龍崎說。「我總是很累。」

身穿制服的山咲真美坐在方面警備本部的祕書官席。戶高坐在旁邊，對她說話。

龍崎非常生氣，叫來戶高說：「喂，你不是說你對黃毛丫頭沒興趣嗎？」

戶高賊笑著返回座位。

留神一看，穿制服的不是山咲真美，而是畠山美奈子。龍崎氣得幾乎要撓心抓肺，狠瞪著戶高和畠山。結果以為是戶高的人，原來是野間崎。

為什麼？為什麼他們這麼要好？

龍崎瘋狂地嫉妒。

這時他醒了過來。

一時之間，他不知道自己置身何處。冴子在隔壁床發出安穩的呼吸聲。

看看時鐘。三點多。龍崎翻了個身。

夢境歷歷在目地殘留在腦海。他想起了畠山。

整個人清醒了。再也無法睡著。

他靜靜地躺在被窩裡，腦中浮現種種事情。野間崎說，畠山是北海道人，似乎有阿伊努血統。

她的經歷龍崎幾乎不記得。因為龍崎從來不在意他人的私事。但現在不同了。什麼事情都好，他想要了解她。與畠山的再會，令龍崎的心波瀾大作。

這感情的變化太突如其來了。

就像是橫遭車禍。不是龍崎主動要對她有好感，也不是畠山做了什麼特別的事。

這種事有人會相信嗎？

龍崎想，就連本人都無法置信了。這太沒道理了，然而實際上卻發生了。真的就像一場車禍。

今天自己徹底失常，或許到了明天就能恢復冷靜。

龍崎這麼想，試著入睡。

但結果直到早晨，他幾乎無法成眠。好不容易昏昏沉沉就快睡去，又想起畠山和野間崎的笑容，驚醒過來。

一回神，已經是非起床不可的時間了。

8

星期二也準時出勤。

由於睡眠不足，整個人提不起勁。菁英官員總會在不知不覺間習慣睡眠不足。外務省和財務省的菁英官員也是，每天工作到深夜，隔天早上準時上班。

到了年度尾聲，連日熬夜也是家常便飯。警察也習慣睡眠不足，輪班制的地域課和交通課，每三天或四天就有一次值日。

日班的刑事課也有值日，而且搜查本部成立的話，就必須連日幾乎不眠不休地辦案。

龍崎年輕時也頗為操勞自己，但今天的睡眠不足，不知為何格外難受。

眼睛乾澀，讀起文件吃力極了。但他還是努力專注在工作上。綜合警備本部通知了各道路的機動隊員分配。

綜合警備本部會在美國總統的移動路線部署機動隊和SP精銳人員。其餘周邊地區，則是方面警備本部的責任。這些地方不只是機動隊，還會派駐其他單位的警察。

先前東京高峰會的時候，不光是警視廳，還從首都以外的縣調派人力支援，結果發生民眾向站在街角的制服警官問路，得到的回答卻是：「呃，我是從東北來的，不清楚東京的路。」

這次可能也會請求地方支援，但狀況與東京高峰會時不一樣。警視廳對維安工作已累積了足夠的經驗。

每次從文件抬頭，就會看到畠山。由於黎明時分做了那種夢，龍崎比昨天更強烈地意識到她了。

這樣豈不是跟國中生沒兩樣？

龍崎想要批判自己。他覺得可以客觀地看待自己的時候還有救。

我好歹是一把年紀的中年男子了，累積了許多的人生經驗。嘴上說著沒興趣，但年輕的時候也談過戀愛，經歷失戀。

現在有妻室也有孩子。這樣的我不可能愛上部下。一定是出於某些理由，精神不穩定，讓自己的心有機可趁，一時鬼迷心竅罷了。

野間崎又在跟畠山說什麼。龍崎很清楚，在乎這種事才奇怪，但他就是覺得被觸怒了。

「本部長介意野間崎的態度嗎？」

聽到長谷川這麼說，龍崎赫然一驚。

回神一看，自己似乎正目不轉睛地盯著野間崎和畠山。

「不，沒這回事。」

長谷川嘆了一口氣。

「聽說他曾經跑來這裡罵人。他的權威主義實在教人傷腦筋。地位不上不下的人，就有這種傾向。」

語氣沉靜，說的字字句句頗為毒辣。

長谷川似乎不怎麼欣賞野間崎，但不能輕易相信他。他或許是在套口風，想要探出龍崎的真心話。

「我對他並沒有特別的想法。」

「要是這樣就好了……」

畠山看看時鐘站起來，走近龍崎的座位。龍崎一驚。

她對龍崎說：「時間差不多了……」

「時間……？」

龍崎怔怔地看她。覺得好久沒有正面看到她的臉了。

「是昨天傳閱的文件。」

「傳閱文件……？什麼事情去了……？」

畠山露出驚訝的表情：「關於增設監視器一事，人權團體、市民團體要求說明。對方派出三名代理律師出席。」

龍崎不記得看過這樣的文件。

「那份文件確定給我了嗎？」

畠山的表情更驚訝了。「當然了，我第一個就交給龍崎本部長，上面也確實有龍崎本部長的印章。」

糟了。或許是蓋署長章的習慣作祟，沒有詳讀內容就蓋下去了。或者是心不在焉，讀了也不記得。

龍崎感到背脊發涼。

難道我昨天都在假裝工作？全副心思都被工作以外的事給占據了。這樣下去會犯下重大疏失。事實上，傳閱的文件內容相當重要，而自己居然就這樣視而不見……

龍崎無法相信居然會犯下這種過失。

「我想起來了。」龍崎說。「有個細節我想再確定一下，把那份文件拿過來，我再看一次。」

「好的。」

畠山的表情亮了起來，立刻取來那份文件。龍崎看了一遍。這類文件他有自信草草瀏覽也能充分掌握內容。

「關於這個問題，我整理了一些可以參考的資訊。」

畠山遞出一份檔案，龍崎接了過來。

上面明載了目前監視器設置的地點，以及這次增設的地點，並各別簡短地說明增設的理由。

這太有幫助了。不愧是菁英事務官。

「很棒的資料。」

龍崎說，畠山淡淡地微笑。

「會議地點在哪裡？」

「區公所的集會場會議室。我已經將地圖交給公務車司機了。」

「好。」

龍崎決定立刻動身出門。

「如果本部長有什麼掛心的事要忙，我可以替您出席……」長谷川說。

「我沒有任何掛心的事。」

「抱歉，我多事了。」

龍崎立刻反省自己的口氣太衝了。

「這裡就交給您了。」

龍崎走向門口，畠山追了上來。

「怎麼了？」

「我是祕書，應該一道同行。」

真的是這樣嗎？龍崎思忖。但他實在無法拒絕這個要求。

「好，一起來吧。」

這應該不算濫用職權吧……？

龍崎走在走廊上，向自己確認。

記者們盯著龍崎和畠山。他強烈地感覺他們正對畠山送上讚嘆的眼神。

三名律師中，一個是五十多歲的微胖男子，姓山路；高個子的律師姓照井；三十多歲的女律師姓諸田。

會議上主要由山路在發言。

「街道上的監視器，無疑侵犯了一般市民的隱私。而警方對這些監視器的利用，顯然是一種來自權力的監視，並有可能助長警方的權勢，甚至演變成蘇聯時代的KGB，或過去的特高警察（註：特別高等警察，日本二次大戰前，爲取締政治、思想及言論犯罪而成立的警察單位）。我們對此感到強烈的憂心。」

龍崎默默地聆聽。

「此外，警方把監視器稱為『防犯攝影機』，宣稱具有遏止犯罪的效果，但實際上究竟有多大的成效，令人質疑。我們認為比起遏止犯罪的效果，侵犯隱私的實質傷害更要大得多，警方對此有什麼說法？」

龍崎回答：「監視器本身並不具有遏止犯罪的效果。」

這句話令山路瞪圓了眼睛，照井和諸田則面面相覷，啞然失聲。

龍崎接著說：「攝影機只不過是攝影機，不可能預防犯罪。但是將監視器，或防犯攝影機運用在犯罪偵查上，可以提高破案率，就結果來說，這有助於遏止犯罪。」

「意思是監視器有助於犯罪偵查？」

「當然。全世界都證實了這個效果，這一點沒有爭論的餘地。」

「那對於侵犯隱私這一點，警方有什麼看法？」

「我這裡有一份資料，其實這是機密資料，上面標示了第二方面本部管轄下設置監視器的地點。看到這份資料各位怎麼想？」

三名律師探頭看文件，似乎無法理解龍崎問題的用意。

龍崎說：「就像各位看到的，監視器裝設的地點，主要是車站、商店街等公共場所。各位現在是在主張人民在公共場所的隱私權嗎？在這些場所，人們應該自覺到身處公共空間。確實，區別公私領域是很重要的。近年來，我看到有人在電車裡化妝、飲食，違反風俗秩序。我認為確實區分公領域及私領域，才有助於真正意義上的尊重隱私，各位覺得呢？」

「這是詭辯。」女律師諸田說。「這是在抽換問題。」

「若說這是詭辯，各位也是一樣。監視器的畫面都在嚴格的管理下運用。主張增加監視器，就會讓警察變成KGB或特高，完全就是詭辯。」

諸田閉口不語。龍崎繼續說：「這次增設監視器，是危機管理的一部分。

誠如各位所知，是為了保障美國總統訪日期間的安全所採取的措施。這也是日本在外交上必須負起的責任，希望各位認清這責任有多重大。我們必須要有不擇手段做好危機管理的決心。請各位想像，萬一國賓的安全出了什麼差錯，日本在國際社會上的信用會遭受到多大的損害？」

辯論大勢已定。接下來雖然還有一些問答，但都不是值得一提的內容。

「我們要求警方絕對不能侵犯一般市民的人權。」

這是他們最後一句話。

「我們明白。」

會議結束了。

多虧了畠山，龍崎順利度過難關。他們對於監視器的增設也並未過度吹毛求疵。

人權團體中，確實也有人強硬抗議，但今天的代理人還算明理。

「太精采了。」回程的車上畠山說。

龍崎苦笑：「這不算什麼。」

像這樣兩人並坐在公務車的後車座，令龍崎感到心靈不可思議地平靜。與律師討論的時候也是。光是畠山待在身邊，他就感到精力充沛，可以鎮定地發言。

在方面警備本部時的內心狂瀾就像假的一樣。

「聽說你是北海道人？」他忍不住脫口詢問。

「是的，我的老家在旭川。」

「我學生的時候曾經去北海道旅行一星期。揹著背包，住青年旅館……景色和本州完全不同，感覺就好像去到了國外。」

「北海道的人都叫本州『內地』。沖繩好像也是。我們『道產子』對鄉土有著獨特的驕傲。」

「聽說你有阿伊努血統……？」

「咦，本部長怎麼會知道？」

「我聽野間崎說的。」

「家母的家族幾代以前好像有人和阿伊努人通婚。其實我也不是很清楚，但這讓我有些自豪。北海道的地名幾乎都是阿伊努語，所以才會那麼特別。」

「拜訪北海道時的那種異國風情，地名或許占了很大的要素。」

龍崎清楚地回想起學生時代。進了警察廳以後，他可能就從來沒有回憶過學生時代對哪些事情有什麼樣的想法。

龍崎曾經很嚮往北海道。

北國大地。陌生的地名。保留了原始大自然，感覺就像浸淫在與本州不同的文化中。

實際上，以前說到北海道的名產，都是阿伊努人的民藝品。

大和民族與阿伊努人之間有過什麼樣的歷史，龍崎並不清楚。但從《北海道舊土人保護法》這樣的例子，可得知政府過去對阿伊努歧視性的農民化、同化政策都是事實。而更早以前的拓荒時期，想必也有過血淋淋的歷史。

儘管如此，北海道卻令人感覺到遼闊的胸襟。

這部分或許和沖繩類似。沖繩經歷江戶時代薩摩藩的琉球控制（註：一六〇九年，薩摩藩〔現今鹿兒島及宮崎縣西南部〕對琉球王國發動侵略）、明治政府的琉球處分（註：指明治政府以武力強制琉球廢除與清朝的冊封關係，設琉球藩、及至於設沖繩縣，納入日本國的一連串過程。琉球王國因此滅亡），然後在太平洋戰爭時成為激戰區，遭美國占領。即使如此，沖繩人看起來依舊豁達大方。

與本州的守舊陋習相比之下，北海道就像另一個世界。

這麼說來，龍崎聽說沖繩人與阿伊努人有一些共通點。

畠山忽然喃喃了意義不明的話。

「咦……？你說什麼？」

「是阿伊努的謎語。」

「哦？再說一次。」

「沃洛、佩卡、阿佩喀西、斯耶斯耶普、黑曼塔、安？」

「什麼意思？」

「在水中熊熊燃燒，擺動尾巴的是什麼？」

「答案是什麼？」

「卡姆伊切普，鮭魚。在秋季溯河而上的鮭魚，肚子上有著宛如火焰的花紋。」

「真令人驚訝，原來你會說阿伊努話？」

畠山笑了。

「我得知自己有阿伊努血統後，很感興趣，有段時期到處查資料。有阿伊努語辭典的CD光碟，裡面也有聲音檔，我只是把裡面有趣的內容整個背下來而已。在聚餐酒席間拿來表演，還滿受歡迎的。」

由於原本就對北海道心神嚮往，龍崎更覺得畠山充滿神祕的魅力了。

「你還記得什麼？」

「我想想……」她露出回溯記憶的表情。「這個不是謎題，算是諺語。」

「告訴我。」

「黑卡塔拉、卡七利喀、叩囉、阿普托、阿西、佩涅。」

「這是什麼意思？」

「孩子們歡鬧起來，就會下雨的意思。」

龍崎沉浸在油然而生的幸福感中。他希望這段時光永遠持續下去，但公務車很快就抵達大森署了。

現實在等著他。

但是在公務車裡與畠山親密交談的幸福感仍未散去，龍崎振奮不已。與出門前截然不同。他從來沒有像今天這樣，一天裡面心情變化如此之大。他很想今天就這樣浸淫在平靜之中，沒想到辦公室裡氣氛劇變。牆邊的無線電之一傳出的聲音，令本部內逐漸陷入寂靜。每個人都豎起耳朵。

「指揮中心通知各移動台。發生交通事故，發生交通事故。大森轄區內和平島，環七大道中之島橋附近，疑似發生包括大卡車在內的連環車禍。重複一遍，發生交通事故……」

下一瞬間，就像解除影片暫停般，本部內動了起來。有人撲向電話，有人回應無線電。

訊息陸續回報給管理官，管理官怒吼著，努力掌握狀況。

長谷川對龍崎說：「就在這附近呢。好像是很嚴重的車禍……」

龍崎仍處在亢奮之中，根本不把車禍放在眼裡。

「也許會影響交通管制，派負責的班過去確認吧。叫特命班也出動。」

「好。」

「我會要本署的交通課逐一聯絡。畠山。」

「是。」

「打內線給交通課長，我直接跟他說。」

「了解。」

來了，第一個不測。

龍崎心想。

必須迅速且正確地掌握對維安的影響。

「交通課長在線上。」畠山說。

龍崎接過話筒。

9

隨著時間過去，龍崎才體認到這場車禍的嚴重性。

「開電視。」一名管理官說。

只要把電視頻道開在NHK台，應該立刻就可以看到新聞快報。

根據報告，連環車禍共捲入四輛汽車，但其中有一輛大卡車，因而釀成嚴重災情。一輛廂型車從環七往都心駛來，上高架橋要右轉進入海岸道路。這時廂型車與從海岸道路直行而來的大卡車相撞了。卡車後方的輕型轎車與一般轎車陸續追撞上來。

交通管制班的管理官逐一報告情況。大部分內容似乎都是大森署交通課直接回報的。

「似乎是一場相當嚴重的車禍。」長谷川說。

聯絡人員接到電話，大聲報告：「特命班回報。目前確認有兩人死亡，兩人重傷，一人輕傷，一人失蹤。」

這份報告令龍崎覺得奇怪，卻又說不上來什麼地方不對勁。

「等一下。」野間崎對聯絡人員說。「車禍怎麼會有人失蹤？」

啊，龍崎驚覺。

這是理所當然的疑問。他覺得古怪的地方，就是野間崎指出的疑點。

我果然有些不對勁，龍崎想。

居然連這點異狀都無法察覺……

「特命班是這麼報告的。」

穿制服的年輕聯絡人員在管理官和幹部注目下，左右為難地說。確實，責怪聯絡人員也沒用。

龍崎說：「聯絡特命班的戶高，我直接問他。」

聯絡人員露出鬆了一口氣的表情。

「好的。」

很快就接上戶高的手機了。

「現場超慘的，感覺要花上好一段時間才能排除狀況。」

電話另一頭傳來警笛聲和許多人的大呼小叫。現場似乎相當吵鬧。從剛才就不斷地聽到直昇機的聲音。是媒體派出了攝影直昇機。

「對於特命班剛才傳來的報告，我有疑問。」

戶高不耐煩地說：「什麼疑問？」

或許本人並沒有不耐煩，但他的口氣就是教人這麼感覺。

「報告中說有一人失蹤，這是怎麼回事？」

「就是字面上的意思啊。」

「詳細說明。」

「出事的車子有四輛，其中一輛的駕駛不見了。交通課趕到現場時，已經不見蹤影。」

「是哪一輛車子的駕駛？」

「署長，相撞的是大卡車、輕型汽車、轎車跟廂型車。你覺得哪一輛車的駕駛可以沒事？」

這種口氣教人惱火。瞬間龍崎想起昨晚的夢。

「我想知道的不是推測，而是事實。」

「當然是卡車司機嘍。一開始的車禍是廂型車撞卡車，但責任顯然在卡車身上。因為卡車橫衝直撞。交通課說是卡車沒有留意前方。」

「換句話說，駕駛想要逃避肇事責任，所以逃離現場？」

「應該吧。」

「報告中說有兩人死亡……？」

「是追撞卡車的輕型汽車上的兩人，駕駛座和副駕駛座上的乘客。身分還沒有確認，但應該很快就會查出來了。」

「對維安有影響嗎？」

「呃……不確定吔。」

「不確定？」

「要看車禍現場可以多快排除吧。總不可能一直拖到美國總統來了都還堵著。」

也就是應該沒有影響。

「好，特命班回來本部吧。」

「呃，我可以留在這裡嗎？」

為什麼這傢伙就是不肯乖乖聽令？

「為什麼？」

「我很好奇那個不見的駕駛。」

「交給交通課處理就行了吧？」

「署長不好奇嗎？」語氣有些嘲諷。

「現在必須把維安放在第一優先。」

「反正我們特命班是遊擊隊吧？就算少了我一個也沒差啊。」

為什麼呢？龍崎又想起昨晚的夢。這次夢中的情景歷歷在目地浮現腦中。夢境應該要隨著時間逐漸淡化才對。

龍崎很少到了中午還記得前一晚的夢。

然而卻只有昨晚的夢，一清二楚地停留在記憶中。不，與其說是停留在記憶，更接近緊緊地貼附在感情上。

戶高怪笑著，和偶像山咲真美聊天。龍崎知道那不是山咲真美，而是畠山。他輕輕甩頭，把那個景象從腦中驅離說：「隨你的便。不過叫特命班其他人員回來本部。」

「好。那我就恭敬不如從命，自個兒查到底嘍。」

龍崎甩也似地放下話筒，發出比平常大的聲音。他發現長谷川吃驚地看向他。他刻意不去看長谷川。

不知不覺間，管理官們聚集到幹部席周圍，以要求說明的表情看著龍崎。

龍崎轉達從戶高那裡聽到的內容，管理官們露出了解的表情回到崗位。

駕駛害怕肇事責任而逃走了。應該是整個人嚇壞了。現在似乎不景氣，駕車肇事，不曉得會遭到貨運公司什麼樣的處分。

想想這一點，也能夠理解駕駛想要銷聲匿跡的衝動。但自己犯下的錯，必須負起責任。既然有犯錯的自覺，更是如此。畢竟都已經是大人了。

龍崎想著這些，但管理官們似乎已經對失蹤者失去興趣，所以他也切換思路。

作。

車禍和失蹤的駕駛交給交通課處理即可。現在他必須思考警備本部的運

「出了什麼事嗎？」長谷川問。

「咦……？」

龍崎吃了一驚。每次長谷川對他說話，他都覺得遭到出其不意的攻擊。

「是叫戶高吧？那個新加入特命班的人對吧？」

「嗯……」龍崎想要含糊帶過。「那傢伙有點問題……」

「您讓有問題的人加入警備本部嗎？」

這話感覺有些帶刺，但對於副本部長來說，或許是理所當然的疑問。龍崎轉念這麼想，回答說：「我所說的問題，是指他絕非一個安分守己的人。但他有他獨到的觀點，是很優秀的調查員，這一點無庸置疑。前些日子他也一個人逮到了通緝犯。」

「這樣啊。」

聽不出是不是被說服了，但龍崎不希望他繼續囉嗦。

「我要特命班回來本部，但戶高他說他很好奇那名失蹤的駕駛，想要留在現場。」

「本部長答應了嗎？」

「我想讓他盡情發揮。」

長谷川有些驚訝地看龍崎。

「本部長這樣的警察真的很罕見……」

「怎麼說？」

「警方很重視上情下達，但很多主管誤解了它的意思，要求部下絕對服從。」

「唔，或許是吧……但即使無理強逼，不肯動的人還是不肯動。尤其是戶高那種人，愈是逼他，他也只會反抗得更凶。」

「真令人佩服。」

「什麼？」

「您完全摸透了部下的心。」

「沒這回事。」

龍崎以這句話結束對話。

也許戶高只是不滿被抓到警備本部來，想要反抗龍崎罷了。

這樣的話，那也無妨。反正應該也不致於是影響到整個方面警備本部的問題。

NHK開始播報臨時新聞。畫面映出車禍現場。確實是一場大車禍，應該要花上不少時間才能排除。這段期間，海岸道路會陷入大塞車。

死傷者的姓名和照片還沒有公布。這是當然的。除非警視廳召開記者會，否則媒體不會報導這些資訊。

幾名人員和管理官盯著電視畫面看。

龍崎覺得餓了。他從早上就一直沒有食欲，但現在感覺想吃東西。

他不經意地望向畠山。她正在電腦前工作。想要與她共處——這種衝動又令龍崎不知所措。

過去他從來不曾對部下有這種感覺，甚至認為警察不需要有私交。特別是菁英事務官經常異動，即使發展出親密的友誼，反正立刻又必須分開。只要公務上順利合作，私底下不需要來往。不，即使在公務上也不必追求相處愉快，只需效率十足地做好工作，實際上龍崎也一直奉行這個信念。

他有種不安，彷彿過去的生活方式即將瓦解。最好不要再想畠山的事了。和對待其他部下一樣待她就行了。

儘管這麼想，卻又強烈地想要重溫返回警署的車上那段幸福的時光，哪怕只有一下子也好。

龍崎猶豫片刻，對長谷川說：「我想趁現在先吃午飯。」

長谷川點點頭：「輪流去吧。本部長先請。」

「我帶祕書官一起去……」

「請吧。」

這不會顯得不自然吧……？

龍崎再三向自己確認。一邊用午飯，一邊和祕書官討論事情，每個人都會這麼做。

長谷川似乎也沒有特別在意的樣子。

不行。

龍崎自戒。

現在不該把心思用在這種事情上。得快點甩開這件事才行……

他起身走近畠山。畠山注意到龍崎，抬起頭來。

「趁現在先用午飯吧。」

「好的。請讓我作陪。」

一走近畠山，一股獨特的香味便撲鼻而來。龍崎努力佯裝平靜，離開本部。走廊上的記者紛紛提出問題。

他們也知道龍崎什麼都不會回答，卻又非發問不可。那種形式性的敷衍態度令他感到不耐。

龍崎停下腳步。發問的記者們都驚訝地沉默了。

「我想各位都知道轄區內發生了車禍。包括大卡車在內，有四輛車子捲入車禍，海岸道路目前正在進行事故處理。雖然出現塞車狀況，但當然不會對維安工作造成影響。」

記者們一臉怔愣。方面警備本部長突然開始發表意見，把他們嚇到了。顯然下一瞬間他們就會再次發動問題攻勢，但龍崎不給他們機會，結束談話離開了。

幾名記者想要追上來，但半途放棄。

「你讓他們猝不及防呢。」畠山說。「不過在交通課和本廳發表聲明前那樣說，沒問題嗎？」

「無所謂。那不是什麼值得報導的內容，我說的也都是事實。偶爾也得像那樣滿足一下記者的饑渴。」

「是的。」

「維安工作和綁架案一樣，都需要媒體協助。光是護衛對象的行程事前洩漏出去，維安工作就會變得困難許多。如何減輕媒體的反感也很重要。」

「本部長不愧曾經擔任過警察廳公關室長。」

「高級事務官需要的是全面性的判斷。第一線交給適任者處理就行了。」

「是的。」

與畠山獨處，心情便穩定得不可思議，而且精力充沛，可以是一如以往的自己。不，甚至覺得可以發揮出更甚於平日的力量。

龍崎前往經常光顧的蕎麥麵店。地點就在警署旁邊，一有事便可以立刻趕回去。菜單也很豐富，應該會有畠山想吃的。

一走出戶外，豔陽便罩頂而下。龍崎脫下西裝，畠山仍穿著套裝。龍崎發現，女用套裝的款式似乎比男性西裝涼爽許多。

龍崎點了豬排丼和油豆腐蕎麥麵套餐。儘管天氣如此炎熱，他卻恢復食欲了。

畠山點了油豆腐蕎麥涼麵。

已經午後一點多了，店內人不多。沒看到署員。

真是奇妙，只是像這樣面對面吃午飯，心靈便無比平靜。昨晚到今早的苦悶就像一場夢。

龍崎努力冷靜觀察自己的這種變化。

「你到警察廳公關室來研習的事，我記得很清楚，但沒聊過什麼的印象。」

「我們確實沒有說上什麼話。」

「當時我覺得沒那個必要。」

「但我對龍崎先生印象深刻。」

「為什麼？」

「有一次龍崎先生對我說，女性高級事務官比男性更難出頭，但警察的工作不分男女，重要的是對分派的任務全力以赴，這就是公務員的工作。現在這已經成了我的座右銘。」

「座右銘？太誇張了。」

龍崎連自己說過這種話都不記得了。

但這確實像是他會說的話。因為龍崎本身從年輕的時候，就抱持著這樣的想法投身公職。對公務員來說，升遷很重要。隨著升遷，權限也會增加，換言之，做得到的事情也變多了。

對龍崎而言，出人頭地的意義完全在此，因此不是什麼特別值得慶賀的事。

然而現實上他遭到了降級，現在是轄區署長。這要是一般高級事務官，應該會辭掉警職。菁英警察出身的人有太多優渥的民間差事可以選擇。如果擔任銀行或保險公司顧問，收入應該也會比現在高上許多。但龍崎對那些行業沒興趣。

重要的是身為警察。而現在他只是在盡轄區署長的責任。

「後來我就一直希望能在龍崎先生底下工作。這次我的願望成真，真的非常開心。」

這句話足以讓現在的龍崎喜上雲霄。

「太誇張了。」

「這是我的真心話。」

「我們不管和誰共事，都必須發揮實力。這才是菁英。」

「是的，我明白。」

「很好。」

「我可以請教一個問題嗎？」

「什麼？」

「轄區的工作怎麼樣？」

「真直接。你為什麼想要知道？」

「因為總覺得很適合龍崎先生。您看起來也和現場負責人處得很好。」

從剛才開始，畠山就稱呼他為「龍崎先生」。

應該是不知道該叫署長還是本部長好，才這麼稱呼吧。但龍崎覺得這個稱呼帶著親暱，頗感受用。

「是還不錯。」龍崎說。「也有一些在警察廳經驗不到的事。將來不曉得會被調到哪裡，但在這個年紀擔任署長的經驗，絕對不會白費。」

「好積極的意見。真像龍崎先生會說的話。」

「像我會說的話嗎……？那八成是你內心的龍崎形象，實際上或許天差地遠。」

「一定就像我想的那樣。」

她的語氣自信十足。這份自信是打哪來的？

雖然吃完飯了，龍崎卻捨不得起身離開。

手機震動了。

是方面警備本部打來的。

「我是長谷川。」

「怎麼了？」

「警備部長召集，說要召開緊急會議……」

龍崎覺得好像從夢中被拉回了現實。

「好，我立刻回去。」

10

回到本部後，長谷川說：「綜合警備本部的主要幹部和方面警備本部的本部長似乎全被召集了。」

「要開什麼會？」

「據說要討論美方送來的情報。詳細情形我也不清楚。」

龍崎點點頭：「總之我過去看看。」

「戶高以外的特命班人員回來了。戶高怎麼辦？」

「請不用管他。」

「好的。」

長谷川稱讚龍崎掌握部下，但是否真心這麼認為，是個疑問。不過都無所謂。截至目前，長谷川並不曾對龍崎的方針唱反調，這一點很重要。

龍崎呼叫畠山。她立刻過來，手上拿著筆記本。真是祕書官的楷模。

「我現在要去本廳開會，接下來的事交給長谷川副本部長，你聽從他的指示行動。若無論如何需要我的指示的話，聯絡本廳警備部或我的手機。」

「好的。」

長谷川在旁邊說：「祕書官也一起去如何？那樣我們也比較方便聯絡。」

這個提議令龍崎有些心動。

「不，我一個人去。祕書官應該沒辦法參加會議。」

長谷川點了點頭。

龍崎坐公務車前往警視廳。前往都心的路不受車禍影響，車流量不大。

不知不覺間，媒體的直昇機也消失了。

即使開了空調，車子裡還是很熱。襯衫衣領都形成汗漬了。

龍崎一個人坐在公務車後車座，有些後悔沒有接受長谷川的提議。如果畠山坐在旁邊，一定能沉浸在寧靜與幸福當中。

龍崎赫然一驚。他再次為自己這種念頭驚愕萬分。

現在不是想那種事的時候。這場緊急會議要討論美方傳來的情資。可以設想的情況並不多。

美國的情報機關或許掌握了某些恐攻計畫。如此一來，應該得重新檢討整個維安布局。

必須針對具體的威脅強化維安。

然而我卻悠哉地在想女祕書官的事。我真的是怎麼搞的？

龍崎不願接受這樣的自己。他應該重新審視，一直以來，他的人生最重視的是什麼？他總是把公務員的身分擺在第一。比起家庭，他一向更優先處理警察官員的職務。

事到如今他不打算改變，也不應該改變。

龍崎想要認為，這只不過是一時的情迷意亂。他誠心祈禱真是如此。

參加緊急會議的，有綜合警備副本部長藤本警備部長、警備第一課長、同樣警備第一課的理事官和管理官，以及八個方面警備本部的本部長。

藤本部長旁邊坐著兩名陌生的外國人，一名白人，一名黑人。有一名口譯為他們翻譯。

一開始是藤本警備部長致詞。即使是緊急會議，還是少不了部長致詞。警方是公家機關，不管經過多少年，就是無法改革這種浪費時間的冗事。這總是令龍崎感到厭惡。

「抱歉緊急召集大家，不過狀況似乎變得有些棘手……詳情我請警備一課長來說明。得麻煩方面警備本部的各位多多幫忙了。」

不愧是藤本部長，致詞潔簡扼要。接著警備第一課長介紹兩名外國人。白人叫約翰．史汀菲爾德，黑人叫愛德華．哈克曼。

兩人都是美國國家安全局的官員，負責貼身保護總統的特勤局人員。

「他們比護衛美國總統的先遣部隊更早一步抵日，目的是提供重要情資給我們，讓我們根據情報，強化維安。而這份重要的情資，就是恐攻計畫。」

龍崎想，果然不出所料。

愈糟糕的預測，愈容易成真。

「具體內容由他們來說明。」

警備第一課長催促兩名特勤局人員說明。

約翰．史汀菲爾德是銀髮藍眼，銀髮或許是年紀的關係。外國人的年齡難以估計，龍崎認為應該是四十後半。

愛德華．哈克曼應該還不到四十，體格健壯，有著一雙知性的眼睛。

首先由史汀菲爾德開口。

即使不必透過口譯，龍崎也能充分理解史汀菲爾德所說的內容。菁英官員有時會被派往海外，因此英語是必備能力。

恐攻的情資是由NSA（國家安全局）所取得，已透過CIA證實。

主謀是伊斯蘭教激進派的知名恐怖主義網站，目標不是別人，就是美國總統。此外，也有人說這恐怖主義網站並沒有實體組織，只是思想偏激的穆斯林擅自使用它的名號。

由於無法掌握實體，因此難以消滅。不，如果真的是激進派任意如此宣稱，龍崎覺得根本無從消滅起。

因為那樣一來，這個恐怖主義網站便是伊斯蘭各國反美、反猶太教思想的化身。要滅絕一種思想，是不可能做到的事。

史汀菲爾德提到的內容中，最具衝擊性的是有日本人協助這恐怖主義網站的事實。

這件事透過口譯說出來時，會議室裡一陣譁然。

此一恐怖主義網站參加了一個連結較鬆散的聯盟，叫「對猶太人及十字軍的吉哈德伊斯蘭戰線」。其他參加這個「伊斯蘭戰線」的，有孟加拉的吉哈德運動、阿富汗的聖戰者運動、巴基斯坦烏理瑪委員會等五個團體。

此外，據說周邊國家的幾個伊斯蘭教激進團體也和恐怖主義網站有關。

過去從未有過日本人參與恐攻的案例。不過長年潛伏在地下的激進派當中，也有人打著反美旗幟，因此當然應該有公安在進行祕密偵查。

美國的情報機關得到日本國內恐攻協助者的情資，這對日本警方來說是莫大的衝擊，也是個恥辱。

警視廳的公安非常優秀。全日本最傑出的情報機關不是公安調查廳，也非內閣情報調查室，而是警視廳的公安部。這是毫無疑義的事實。

但是在規模和預算上還是有極限。畢竟在組織上，它只是地方警察底下的一個單位。

據說先進國家裡面，情報機關最為脆弱的就是日本。

史汀菲爾德表示，日本國內的恐攻協助者，非常有可能已經展開刺殺美國總統的準備。

他說明完畢，半晌之後，一名方面警備本部長舉手發問。

「該日本協助者的背景是什麼？政治團體嗎？還是狂熱宗教團體？」

口譯轉達後，史汀菲爾德搖頭回答，口譯翻譯內容。

「這一點尚不明朗。背後應該有政治因素介入，不過是多大規模組織的活動，則是不明。」

另一名方面警備本部長提問：「這個情資是怎樣獲得的？」

史汀菲爾德透過口譯回答：「一開始是美國國家安全局的 SIGINT 攔截到訊息，接下來透過CIA的 HUMINT 獲得幾項確認。」

SIGINT 是 signals intelligence 的簡稱，即訊號情報；HUMINT 則是 Human intelligence 的簡稱，指人力情報。

訊號情報是利用電子儀器的情報蒐集活動，人力情報則是透過間諜等人員從事的諜報活動。

龍崎覺得對方在故弄玄虛。

史汀菲爾德的回答煞有介事，但毫無具體內容可言。

這顯示了即使對方是盟國，他們也不願意揭露情報機關的活動。

據說美國國家安全局會監控包括電子郵件和網站等一切的通訊紀錄。這巨大的資料庫被稱為梯隊系統（Echelon），廣為人知。

從所有的通訊活動中，抽出符合各種關鍵字的訊息加以分析。這次的情資，就是藉由這類活動得到的情報。

然後根據這些情報，指派在日本國內的CIA情治人員進行確認。這段期間，日本警察完全被蒙在鼓裡。

這就是美國的行事作風。他們不信任日本的政府和司法、警察機關。那種態度令人氣憤。

但不得不承認，兩者實力確實有所差距，也因此更教人不甘。

決定情報機關的規模與權限的是政府。日本政府對情蒐和諜報活動漠不關心，才會有這樣的結果。

不過現在不是氣憤的時候。如果史汀菲爾德的情報屬實，表示日本國內，刺殺美國總統的計畫已經在進行當中了。

必須在美國總統抵日前揭穿他們的活動，加以阻止。這場會議極為重要、緊急。龍崎好久不曾如此緊張了。

藤本部長說：「組織犯罪對策部（有時簡稱「組對」）和公安正在全力徹查當中，綜合警備本部也臨時加派人手應對，各方面警備本部也要繃緊神經。再怎麼微不足道都無所謂，只要有任何可疑的活動，都要全面徹底清查。增加臨檢地點，還要加派街頭的員警人數。」

方面警備本部長全都露出為難的表情。因為加派人手和臨檢點絕不是一件易事。

藤本部長繼續說：「我知道有困難，但還是拜託大家。這可是關鍵時刻，拜託了。」

史汀菲爾德又追加說明，口譯轉達：「總統的替身，也就是肖似總統的人物也會同行，這是我們的慣例做法。我們也有可能派替身進行聲東擊西作戰。為了防止祕密走漏，屆時究竟哪一邊才是真的總統，我們也不能告訴日方的維安人員，還請諒解。」

會議室內傳出不滿的聲音。

但龍崎認為這是很正確的做法。祕密愈少人知道愈好。光是史汀菲爾德願意告知有總統替身同行，就應該心存感謝了。

藤本部長、警備第一課長及史汀菲爾德、哈克曼私下討論起什麼來。

不久後，藤本部長說：「龍崎先生，你負責的地區包括空軍一號降落的羽田機場。這是重要的地點。史汀菲爾德先生會駐守在綜合警備本部，但哈克曼先生說他想要待在你們的方面警備本部，如何？」

沒什麼好問的，既然警備部長如此要求，龍崎不能拒絕，也沒有理由拒絕。確實，第二區域可能成為維安上的重要地區。美國的維安負責人駐守在那裡，合情合理。

「沒問題。」龍崎回答。

藤本部長又問：「今天中午十二點左右出了場大車禍對吧？對維安有什

麼影響嗎？」

「應該沒有影響。車禍現場排除的話，塞車狀況也會解除。」

藤本部長點點頭：「很好。那麼請各位返回各自的方面本部，盡最大的努力，並與綜合警備本部緊密聯繫配合。」

會議結束，首先是藤本部長站起來。

哈克曼走過來，用英語對龍崎說：「我能現在立刻跟你去branch嗎？」

Branch應該是指方面警備本部。

龍崎也用英語回答：「當然沒問題。」

他的英語會話不是特別流利，但有自信可以溝通。不過碰到複雜的論述，應該還是需要口譯。

大森署裡有適合的人才嗎？龍崎尋思著，來到走廊，看見藤本部長和警備第一課長站著說話。

藤本部長叫住龍崎，結束與警備第一課長的對話走過來。

「抱歉把麻煩事塞給你。」

「麻煩事……？」

「那個外國佬啊。他堅持要待在現場附近……」

「這很合理，我不認為是麻煩。」

「你這麼說我就放心了……對了，畠山美奈子怎麼樣？」

龍崎一陣心驚。

他努力不被識破驚慌，回道：「這話意思是……？」

「她派得上用場嗎？」

「她很優秀。人權團體和市民團體對增設監視器小題大作，我和他們的代理律師開會，當時她準備的資料很有助益，幫了我大忙。」

「那太好了。要多多關照她啊。」

意思是以上司身分、或菁英官員前輩的身分關照她吧。然而龍崎卻忍不住想到別的意思去了。

恐怖分子計畫刺殺美國總統，可能有日本人參與其中，這場內容衝擊的會議讓龍崎好不容易就快恢復正常，然而一聽到藤本部長提起畠山的名字，立刻又失去了平靜。

龍崎擔心自己可能會多嘴失言，決定立刻離開。

「抱歉，我得回去本部，擬定各種對策……」

「啊，拜託嘍。這裡也會逐一把情報送過去。再見。」

龍崎搭乘電梯來到停車場，前往公務車。

「如果不妨……」哈克曼說。「可以告訴我你的名字嗎？」

龍崎這才驚覺。

自己又恍神了。他甚至還沒有向哈克曼自我介紹。

「我叫龍崎。」

「那是姓氏嗎？」

「沒錯。」

哈克曼以稍微友善的態度說：「我們都以名字彼此稱呼，可以告訴我你的名字嗎？」

「在日本，除非是相當親近的人，否則是不會直呼對方的名字的。在職場上尤其如此。」

「意思是叫我照著日本的規矩來？」

「我認為這樣比較可以順利辦事。」

有不少日本人會討好外國人，配合對方的習俗。那應該是自卑心作祟。

龍崎認為既然身在日本，就沒必要迎合外國客。這樣對方應該也可以更深刻地理解日本。

「好吧。那麼龍崎，你是什麼職位？」

「我是大森署這個警察署的署長。在這次的維安工作中，是方面警備本部的本部長。」

方面警備本部這個單位的英語有點麻煩。

龍崎說是Area Security Headquarters。這樣應該就通了。兩人搭乘公務車回到大森署，龍崎把哈克曼帶到方面警備本部。

所有的人員和管理官都投以訝異的眼神。龍崎來到幹部席宣布說：「有空的人聽著。這位是美國國家安全局的特勤局人員愛德華・哈克曼。美方發現有一起針對美國總統的恐攻計畫正在進行，有日本人參與其中，他將駐守在這裡。」

在場人員和管理官一瞬間停下動作。整個本部鴉雀無聲。下一瞬間，喧囂擴散開來。恐攻計畫、日本人參與其中這個消息帶來了衝擊。而且哈克曼的存在令人介意。

畠山也用充滿問號的表情看著龍崎。

女性菁英警官，加上來自美國的特勤局人員……這下子異類分子變成兩個了。

龍崎想。

11

龍崎先安排哈克曼坐在警備部長的位置。雖然只是禮貌上的安排，但仍有些管理官對於讓別人坐在部長席而面露難色，不過龍崎不予理會。

能利用的東西就加以利用。反正警備部長應該不會到這個本部來。

哈克曼要求說明目前的維安部署。

「請等一下。」

龍崎用英語說，然後轉向長谷川。

「得安排口譯人員，你有什麼人選嗎？」

長谷川頓時露出沉思的樣子。

「大森署沒有適合的人才嗎？」

龍崎從沒聽說過有哪個署員英語能力出眾。

「我去問問警務課長好了……」

龍崎叫來畠山。她以機敏的動作走過來。哈克曼直盯著她不放，令龍崎介意。

「有何吩咐？」

「告訴警務課長，如果署裡有能擔任口譯的人，把他派到本部來。」

「口譯是嗎……？」

「對。」

「呃……如果我可以的話……」

「日常會話我也沒問題，但這需要能夠深入討論專門議題的英語能力。」

「我大學在洛杉磯留學過一年，也受過專門的英語會話訓練。」

龍崎更對她刮目相看了。

「你可以的話就太好了，省了另外找口譯的麻煩。我來說明維安部署內容，你翻譯給哈克曼先生。」

「好的。」

畠山對哈克曼自我介紹。

「你的上司一板一眼地叫我哈克曼先生，但你可以叫我愛德華或愛德。我也叫你美奈子……」

畠山回答：「我會遵循上司的方針，稱呼您為哈克曼先生。」

哈克曼微微聳肩。龍崎聽到這段對話，感到有些痛快。

龍崎逐一說明方面警備本部的角色、組織、目前的維安部署。畠山毫不遲疑地翻譯成英語。

哈克曼一面聆聽，一面目不轉睛地看著畠山，但畠山只是偶爾望向哈克曼。龍崎說明完畢後，哈克曼說：「我想看監視器畫面。」

龍崎說：「數量非常龐大。」

「我會全部看過。我想找到線索，任何蛛絲馬跡都好。」

龍崎叫來周邊警戒班的負責人，要他給哈克曼看監視器畫面。

「請往這裡。」

管理官把哈克曼帶到監控區，畠山也跟了過去。她是口譯，這是當然的，龍崎卻覺得很不爽快。

然後又責備有這種感覺的自己。

哈克曼和畠山都只是做份內的工作罷了，自己卻神經兮兮的，顯然是反應過度，太不正常了。

儘管明白，龍崎卻克制不了自己。

哈克曼聽完如何播放影片檔案後，立刻著手作業。

「那個特勤局人員打算在這裡做什麼？」長谷川在旁邊問。

「天曉得……」龍崎應話之後，發現這樣說太不負責任了。「有兩名特勤局人員提前從美國過來，其中一名駐守在綜合警備本部。我們第二區域因為有美國總統專機降落的羽田機場，所以哈克曼想要在離現場更近的地方執行維安吧。」

「看起來也像是不信任日本警方。」

「是不信任吧。」

龍崎直言不諱，長谷川驚訝地看他：「什麼……？」

「所以他們才會比先遣部隊更早來。美國總統抵日以後，會有SWAT和特勤局的主要部隊前來。日本警方完全只是協助特勤局。」

特勤局的工作就是在全世界每一個角落保護美國總統。

史汀菲爾德說總統替身也會一同赴日，有可能循不同路線移動，到時候也不會告訴日方哪一條路線的才是正牌總統。

龍崎決定不把這件事告訴長谷川。因為這可能會讓長谷川對美國的維安單位萌生反感，必須避免。

哈克曼專注地盯著螢幕，和畠山說了什麼。畠山回到座位。

龍崎猜，他應該是說看監視器不需要口譯。

畠山一個人在座位，龍崎也比較放心。光是她跟男人說話，就搞得龍崎內心激盪起伏。

戶高出現在門口。他沒對龍崎說什麼，直接就要回特命班的辦公區。

龍崎叫住他。戶高頂著一慣的臭臉走過來。

「署長，什麼事？」

「你有義務報告一下吧？」

「口頭報告就行了嗎？我正想寫報告書呢。」

看就知道他根本沒這個打算。

「口頭報告就行了。在警備本部，時間寶貴。」

「結果還是沒找到下落不明的卡車駕駛。」

「後續就交給交通課吧。」

戶高沒有立刻答應。

「怎麼了？你想說什麼？」

「我想去追查卡車司機的下落……」

龍崎很驚訝：「為什麼？你現在的工作是警備本部的特命班人員啊。」

「現在又沒什麼事好做。」

「那邊的那個美國人，是特勤局人員。」

戶高望向那裡，露出這才發現哈克曼的模樣。

「所以呢……？」

「你剛才不在，應該不知道，不過美方送來了某項重要情資。」

「重要情資？」

龍崎說明內容，戶高不感興趣的樣子。

「這件事我好像幫不上什麼忙，我去找不見的卡車駕駛比較好。」

龍崎目瞪口呆。

戶高果然是對被調來警備本部感到不滿。如果得守在這裡，他就不能去賭他熱愛的賽船了。

所以才鬧起脾氣也說不定。

既然如此，那也無所謂。就像戶高說的，現在特命班沒什麼事情好做。

「既然你被編入警備本部，就不能任性妄為。」

「所以我才徵求署長同意啊。」

嘴上說得順從，態度卻不是這麼回事。

「為什麼你要特地去做交通課的工作？」

「因為有犯罪的嫌疑啊。闖出這麼大的車禍，卻消失無蹤，不管怎麼想都很奇怪。而且都已經查到一半了……」

龍崎尋思起來。

這傢伙不是強逼他就會乖乖就範的人。或許現階段放他自由行動比較好。

「為了防範恐攻計畫於未然，警備本部會愈來愈忙碌。到時候或許也會有許多事要特命班去忙。」

「到時候我會專心這邊的工作。」

真倔強。也許他是在頂撞上司尋開心。

「好吧。」龍崎拗不過他。「但你必須完全以警備本部的任務為優先，知道嗎？」

「知道了。」

戶高走去特命班的辦公區了。他瞥了哈克曼一眼，但旋即沒興趣地別開目光，開始打電話。

聯絡班帶著文件來到幹部席。內容是通告車站、機場等投幣式寄物櫃全面禁止使用。

為了防止歹徒放置爆炸物，美國總統訪日一星期以前，JR、私鐵、地下鐵所有的車站投幣式寄物櫃都將禁止使用。此外，垃圾筒也會全面撤走。

龍崎讀完那份文件，看了看時間。已經五點多了。

哈克曼仍盯著螢幕。專注力驚人。雖然他稱兄道弟的態度令人反感，但龍崎認為他應該是個優秀的安全人員，否則也不可能被提前派到日本。

這是個漫長的一天。但工作尚未結束。

龍崎直接打內線給交通課長。

「車禍處理得怎麼樣了？」

「啊，署長嗎？是的，車禍現場老早就排除了。」

「聽說下落不明的卡車駕駛還沒有找到……？」

「是的。但知道是哪家貨運公司的卡車，找到人也只是時間問題。」

「戶高似乎很熱衷於這件事……」

「對，他在幫忙我們。不愧是辦案的專家，非常可靠。」

原來同僚對他是這樣的評價？龍崎感到意外。

「戶高必須以警備本部的工作為優先，但他說現在想要追查那名駕駛的下落，所以我讓他自由行動。」

「太好了。」

「我再確定一次，車禍現場已經排除，交通恢復順暢了吧？」

「是的。」

「好。」

龍崎掛了電話。

後來龍崎和長谷川召集各管理官，討論加派臨檢點和人員的事。長谷川說會聯絡第二區域的各轄區署，要他們提供人力。這種時候，方面本部長的職位很有利用價值。

剛開始討論時，管理官們的表情都很絕望，但漸漸地轉變成總有辦法解決的氛圍。討論結束的時候，已經有了加強維安的完整草案。

龍崎回到幹部席，不經意地朝哈克曼望去，他還在看螢幕。他的專注力令人生畏。龍崎有些感興趣，走近哈克曼。

「你想要找什麼？」龍崎用英語問。

哈克曼盯著螢幕應道：「就是要找到什麼。」

「什麼……？」

「我也不知道會找到什麼。但一定會有某些東西被我的天線捕捉到。」

哈克曼應該是對自己的實績自信十足。若發現什麼令人在意的地方，就深入調查。他相信那一定是某種徵兆。

龍崎也看向螢幕。是某個車站的監視器畫面，以約四倍的速度播放。

即使調快到四倍速，要看完目前方面警備本部累積的監視器畫面，也需要耗費難以想像的時間。

當然，所有的畫面周邊警戒班的人員都檢查過了，但哈克曼應該不信任別人的眼睛。除非親眼看過，否則不能放行。

雖然看似有些不合理，但龍崎認為這或許是很重要的辦案手法。哈克曼如同字面形容——每天都賭上性命保護美國總統。他的實戰經驗和危機意識應該是日本警方望塵莫及的——令人遺憾地。

看看時鐘，已經晚上七點多了。龍崎還不打算回去，但他認為自己有責任送哈克曼回到下榻處。

「你住在哪裡？需要的話，我叫署裡開車送你。」

龍崎準備使用署長座車。

但哈克曼說：「我住在美國大使館，不過不必管我，今晚我不打算回去。」

龍崎大吃一驚：「你準備在這裡過夜？」

「現在不是悠哉睡覺的時候。與恐怖分子的抗戰已經開始了。」

龍崎感覺對方在責備他身為方面警備本部長，維安意識卻過於天真。

確實，自己難說具備與哈克曼相同的危機意識。維安部署的責任在綜合警備本部身上，而且距離美國總統訪日還有十天。

再說，龍崎總有一種事不關己的心情，覺得只要平安度過暴風雨就好了。況且他的心思被女祕書官給占去了大半。

「那麼我也留下來奉陪。」

「沒這個必要。」哈克曼明確地說，眼睛仍緊盯著螢幕。「指揮官應該充分休息，關鍵時刻才不會做出錯誤的判斷。就算你在這裡，也不能像我這樣有所貢獻。」

龍崎思考哈克曼的話。他說的確實沒錯。

明明沒事做，卻因為客氣而留下來也沒有意義。

龍崎向來認為合理的判斷是最重要的。同時他自信一直以來，他都貫徹了這個方針。

但自從這個本部成立以來，他總覺得自己違背了這個信念。

「好。」龍崎說。「那麼我回家了。如果需要車子，請吩咐署裡的人。」

「好。」

龍崎正要離開。

「喂，龍崎。」

龍崎停步回頭：「什麼？」

「你還是不肯叫我愛德華嗎？」

「對。這是日本組織的規矩。」

「好吧。」

晚上九點多，龍崎決定回家。與其說回家，更正確來說是在自宅待命。

龍崎不下班，長谷川也不肯下班。結果必然的，祕書官野間崎管理官也不能離開。也為了他們著想，龍崎應該回家。

龍崎叫來畠山。她一靠近，果真就有一股宜人的香味。這味道肯定也是害他心神不寧的原因之一。

「我要下班了，你也回去吧。」

「不用幫哈克曼先生口譯了嗎？」

「今晚應該不用了。」

「好的。」

龍崎收拾辦公桌，正要離開禮堂，畠山追了上來。

「我也要走了，請讓我陪您一段路。」

「好……」

兩人一起走出警署玄關。畠山要去車站，所以會一起走到半途。

兩人獨處，龍崎便感到安心。

冴子說龍崎是木頭人，他也這麼覺得。碰到不熟的女性，他就無法自在交談。然而奇妙的是，與畠山相處時，他一點都不緊張。感覺兩個人在一起才是自然的。

龍崎明白，現在不是想這種事的時候。他必須對工作全力以赴。

看到哈克曼，他沉痛地感受到這一點。但是他無法拒絕像這樣和畠山並肩走在一起的幸福時光。

兩人沒什麼特別的對話，只是確認工作上的一些細節，約十分鐘後就道別了。這短暫的時光，令現在的龍崎感到珍貴。

一與她道別，龍崎就失落不已。內心澎湃的感情再度令他手足無措。

這是什麼心情……？

明天就可以在警備本部見面了。儘管明白，光是她的倩影消失，就令龍崎寂寞難耐。

世上有這麼荒謬的事嗎？龍崎心想。

這太不合理了。只是工作結束，彼此下班回家，卻竟讓他感覺有如生離死別。

我是真的失常了吧。

之前他覺得這樣的感情變化就像車禍，現在他覺得宛如遭到暴風雨侵襲。得想想辦法才行……

龍崎兀自惶然無措。

回到家後，他做出與平常完全一樣的行動。換衣服，坐到餐桌旁，只喝一罐啤酒。喝完啤酒後用餐。

以前他從未意識到，現在卻強烈地感覺到妻子的存在。

沒錯。我有妻子，還有孩子。事到如今已無可如何，也不打算改變現在的生活。這一點很清楚。然而情緒就是激盪難平。

他動不動就想起畠山。說得更直白一點，畠山的倩影一整天都占據著他的腦袋一隅。

這也算是對妻子的背叛嗎？

除非做出某些行動，否則一般世人不會將此視為背叛吧。但龍崎覺得為他人傾心，或許比純粹玩玩的外遇行為更罪加一等。

美紀從房間出來了。

「爸，你回來了。」

「哦……」龍崎想要設法把心情拉回現實。「你已經回來啦？」

「我偶爾也不用加班的。」

妻子冴子在椅子坐了下來。

「聽說忠典要外派了呢。派去哈薩克……」

「哦……？」

「所以他才會這麼急吧。」

「這麼急……？」

「得趕在出國前把該決定的事情決定好……」

「這是在說什麼？」

「訂婚的事啦。」

龍崎看美紀。美紀一臉猶豫難決。

「你的意思怎麼樣？」

「我的心情還是一樣。我現在沒辦法考慮結婚什麼的。」

「那將來呢？你打算和忠典一直交往下去嗎？」

「不曉得。又不知道忠典會在國外多久……」

「你是說，就算分手也是沒辦法的事嗎？」

「這要看忠典吧。他又不可能永遠待在哈薩克，總有一天會回來日本，我覺得沒有什麼好急的……」

龍崎自以為理解美紀說她現在想專注在工作上的心情。

然而這時卻莫名激動起來。

「原來你是用那麼隨便的心態跟人家交往嗎？」

美紀驚訝地看龍崎。

「我哪有隨便啊？」

「忠典是認真的，所以才會想要好好談出個結論。你應該誠懇地回應人家。忠典一定是不曉得該怎麼辦才好了，你為什麼就不能理解他的心情？」

「我理解啊，但我也有我的苦衷，希望他也能理解啊。」

「忠典不想離開你，但外派已經決定了，必須和你分隔兩地好幾年。所以他想要一個心靈支柱，或是某種保證吧。」

「我又能保證什麼？」

「我再問你一次，你是認真在跟忠典交往嗎？」

「至少我不打算跟別人交往。」

「這不叫做認真。你再仔細好好考慮一下。」

美紀有些驚訝地看龍崎，然後說：「我還以為爸是站在我這邊的。」

「不是站在哪邊的問題。這是很重要的事吧？」

「好吧，我會再想想。」

美紀回房間去了。

龍崎忽然感覺到冴子的眼神。兩人對望，冴子說：「出了什麼事嗎？」

「為什麼這麼問？」

「你突然改變說法了。明明前些日子還叫美紀最好專注在工作上……」

龍崎自己也無法理解為何會對女兒的戀愛問題這麼激動。

應該是把自己的感情和忠典重疊在一起了。

「狀況不一樣了。既然要外派國外，忠典也得下定決心吧。」

「總之你替我說了我想說的話，我真是驚訝……」

妻子的眼神令人不愉快。龍崎覺得自己的心被看透了，暗自慌了手腳。

我又沒做錯什麼。不，對畠山的感情，或許是對妻子的背叛。

但龍崎自己也無能為力。

「我要去洗澡睡了。昨晚沒睡好，累了。」

「那早點上床吧。」

妻子開始收拾餐桌。

龍崎又在夜半醒來。

也不是做夢，但還是想起了畠山。意識尚未完全清醒，一點小事都令他耿耿於懷。

他想起哈克曼目不轉睛地看著畠山的事。他很後悔，或許不該拜託畠山當口譯的。

不，不是想這種事的時候，得快點入睡才行。哈克曼也說了，指揮官必須充分休息，才不會在關鍵時刻做出錯誤判斷。

然而神智卻愈來愈清醒，實在無法成眠。但還是閉著眼睛躺著比較好。他想起電視上醫生說只要這麼做，即使無法真正入睡，也能獲得接近睡眠的休息。

像這樣躺著，龍崎想起了許多事。

高中的時候，他曾經有過一場單相思。大學的時候，他曾經失戀。是這些回憶。不，過去的單相思和失戀，都沒有現在這麼苦。我確實被暴風雨給席捲了。

只要靜靜地待著，這場暴風雨就會過去嗎？

有妻室孩子的中年男子，卻像個青少年一樣，難以承受內心的痛苦。他完全料想不到，居然會在這把年紀碰上這種事。

徹底出乎意料之外。

比起感情，龍崎更重視理性。人之所以是人，就是因為人有理性。同時他相信，凡事都能依靠合理與理性來解決。

但他認為面對這激越的感情洪流，理性是無力的。無法用道理釐清。這是最大的問題。

不管怎麼想，他和畠山都沒有未來。若想保護現在的生活，就只能割捨對畠山的感情。但是該怎麼做才能割捨？他束手無策。他並非不珍惜妻子，也完全不考慮離婚。那麼就應該別去想畠山了。這才是合理的解決之道。除此之外，沒有別的解決方法。

這是明擺在眼前的事實，然而現階段，面對狂暴的感情，合理性毫無招架之力。

我會不會就這樣陷入瘋狂？龍崎甚至如此恐懼。

天亮以後，日常又要開始了。將全副心力投注在工作上，或許多少可以逃離這種苦。

龍崎如此祈禱，輾轉難眠。

12

龍崎迎接了睡眠不足的早晨。

他滿懷沉鬱，淡淡地執行早晨的儀式：邊喝咖啡，邊瀏覽數份報紙。

龍崎想要抓住這樣的日常。否則他似乎就要放棄一切。他處在自己逐漸變成另一個人的不安煎熬當中。

原來我竟是如此孱弱嗎？

龍崎責怪自己。

早飯準備好了。妻子在廚房。這令人慶幸。如果妻子就在眼前，他不敢直視她的眼睛。

來到職場，看到畠山的瞬間，龍崎忘掉了一切種種的痛苦。

原本他一直努力去否定，但現在已經無從否定了。

這無庸置疑是戀愛。

並不是兩人之間有過什麼。這段關係或許會惹來旁人苦笑。但龍崎切身體會到，即使什麼都沒有，人還是會萌生這樣的心情。

龍崎一坐下，畠山立刻走上前來，通知今天的預定行程。只是與她交談，活力便泉湧而出，睡眠不足的痛苦也不算什麼了。

第一件要做的是聽取值班人員報告。

街頭維安、交通管制的準備、投幣式置物櫃和垃圾桶的管制，都順利進行。長谷川告知加派人手一事也沒問題。

「您的身體還好嗎？」報告結束後，長谷川這麼問。

「我的身體……？我很好啊。」

「這樣啊。因為您看起來很累……」

「這裡每個人都很累吧。」

「正式上場還在後頭，本部長得注意身體才行……」

「我沒事。」

就算撕開自己這張嘴，也絕不能說出是害了相思病而睡不好。

龍崎發現哈克曼還坐在昨天的位置。他叫來值班人員詢問。

「難道他從昨天就一直在那裡？」

「我們也很驚訝，但他真正是不眠不休地在檢視影片。」

令人驚嘆，龍崎想。

以保護美國總統為己任的特勤局人員，專注力和體力果然非比尋常。

一想到這裡，他便對自己感到羞恥難當。

哈克曼在熬夜工作的時候，龍崎人躺在被窩裡，不知該如何處理自己的感情。

情緒瞬間盪到谷底。也是遇到畠山以後，他的感情起伏才變得如此劇烈。

得設法解決才行……再九天美國總統就要訪日了。為了避免在正式上場時鑄下大錯，他想趁現在解決私人的問題。

叫畠山回去本廳，派別人當祕書官嗎？警務課長齋藤或許是個恰當的人選。然而一想到此，龍崎頓時內心一片慘澹。被免去祕書官一職的畠山，必定會認為是她犯了某些過錯，傷心自責。而且自己可能也無法忍受她從祕書官席消失。

突然聽到有人在叫，龍崎發現自己正默默低著頭。抬頭一看，哈克曼站在前面。

「我想去吃個早餐，可以請她帶路嗎？」

他指的是畠山。畠山是口譯，拜託她帶路是天經地義的要求。然而龍崎內心一陣煩亂。

但又不能拒絕，龍崎只好說：「沒問題。」

龍崎叫來畠山，要她安排哈克曼用早餐。

兩人一起離開辦公室了。哈克曼說了什麼，畠山展露笑容。龍崎懷著後腦勺幾乎要燒起來的心情注視著這一幕。

我果然有問題。得想想辦法才行。

龍崎猶豫到最後，對長谷川說：「我去一趟本廳，大概要離開兩小時。」

長谷川沒有多問什麼，只是點點頭。

「好的。」

龍崎不是坐公務車，而是搭計程車去警視廳。因為這不是公務，而是私事，他想要劃分清楚。

他不是前往警備部，而是拜訪刑事部。到部長室一看，伊丹正在和幾名課長討論事情。

伊丹驚訝地望向龍崎說：「咦，龍崎？你怎麼來了？」

「我想跟你談談……」

「等我十五分鐘。」

「我在外面等。」

不多不少，真的等了十五分鐘。搜查一課長過來對龍崎說：「請進，部長在等您。」

進入部長室，關上房門。只剩下兩人後，伊丹露出笑容：「怎麼啦？你居然會來找我，真是難得。」然後忽然變得憂心忡忡。「怎麼了？你的眼睛都冒黑眼圈了。警備本部有那麼忙嗎？」

「本部很順利。」

「我聽說恐攻計畫的事了。刑事部也會嚴陣以待。如果需要幫忙，儘管開口。」

「關於這件事，有幾點我想確定一下。」

「什麼事？」

「關於這次的美國總統訪日，刑事部會怎麼行動？」

「要做的事就只有一件：揪出恐怖分子。我們會與公安和組織犯罪對策部協同合作。」

「能成功嗎？」

伊丹蹙起眉頭：「這話你去跟公安說吧。他們把刑事部視為低他們一兩階的單位，也可說是瞧我們不起。但我會努力圓滑合作。」

「也只能相信你了。」

「我想知道你們現在的具體活動。」

「有個叫哈克曼的美國特勤局人員，正在檢查所有的監視器畫面。」

「這不會浪費時間嗎？」

「哈克曼好像是認真的。」

伊丹學洋人那樣聳了聳肩。

龍崎不吭聲，伊丹以體察的表情問：「你來找我，不光是為了公事吧？」

龍崎不知道該如何啟齒，又沉默了片刻。結果伊丹說：「怎麼了？居然嘆氣。」

「咦……？」龍崎抬頭。「我嘆氣了嗎？」

「今天的你很不對勁。」

「嗯……」

「看，又嘆氣了。你來找我，是有話要說吧？」

「我想找人談談，只想得到你。」

「出了什麼事嗎？」

「藤本警備部長派他的部下到方面警備本部，擔任我的祕書官。」

「處不好嗎？」

「不是的。」

「那是怎麼了？」

「那名祕書官是個女性高級事務官。我在警察廳公關室的時候，她曾經到我的單位研習……」

「女性高級事務官……」伊丹皺起眉頭。

「我現在一天二十四小時都想著她。」

伊丹仰頭望天。

龍崎等待伊丹開口。一會兒後，伊丹把視線移回龍崎身上。

「那你想要怎麼做？」

「不知道。就是因為不知道該怎麼做，我才會過來這裡。」

「唔……這下棘手了……」

「都一把年紀了，說這種話實在丟人，但我無法控制我自己。就好像變回了青少年。我完全沒料到都這把年紀了，還會陷入這樣的心情。」

「這跟年齡沒關係。」伊丹說。「跟年紀和地位、已婚單身都無關。戀愛就是這麼回事。」

「我從來沒有遭遇過這麼痛苦的事。過去的人生當中，我經歷過許多事，自以為已經到了通達事理的年紀，然而碰上區區戀愛問題，卻完全無法處理，我驚訝極了。」

「龍崎，你聽著，戀愛跟是否明理、有多少經驗都無關。那是完全另一個次元的事。」

「看來是如此。過去我對所有的問題，都以理性和邏輯思考去處理，這次卻完全不管用。」

「廢話，如果戀愛能用理性或邏輯處理，就沒有人會為它煩惱了。古今海內外，關於戀愛的煩惱是數也數不清，你知道這是為什麼嗎？因為那是人類無法控制的感情。真正的戀愛就是這樣。」

「這要是一星期以前的我，一定會反駁你，說人之所以異於其他動物，就是因為人能夠用理性去控制感情。但現在的我完全理解你說的話。」

「也不是沒有解決方法，不過這話絕對不能被女人聽到。」

「什麼方法？」

「有時只要上過一次床，這種衝動就會平息下來。男人的生理就是這樣。

如果你有越線的決心，這也不失為一個方法。」

龍崎整個人傻住，瞪著伊丹。

「你那是什麼表情？外遇沒什麼好稀罕的吧？」

「這就是你心目中最好的方法嗎？」

「我不知道是不是最好，但起碼或許可以減輕你現在的痛苦。雖然也可能反而陷得更深……」

既然是男女之事，就無法擺脫性愛方面的問題。龍崎可以理解伊丹的話，但套到自己身上一看，卻毫無真實性。

龍崎是警察，很清楚大部分的犯罪都是男女感情糾紛所引起。

他長年參與犯罪偵查，這卻是頭一遭自覺到原來自己和那些罪犯只有一線之隔。愛上一個人，是身不由己的。這種感情超越了善惡。

他唐突地想起，夏目漱石的《心》裡提到，戀愛是神聖的，卻也是罪惡的。

自己是什麼時候讀到《心》的？大概是高中的時候。那個時候他無法理解這句話。

他一直認為那只不過是一種文學表現，但原來不是的。顯而易見，戀愛是一種罪惡。

因為它遠遠地脫離了人類理性的範疇。也超越了社會規範、常識及法律。不，與那類事物屬於不同的次元。

自己無法控制的感情，光是這樣就已經夠罪惡了。

外遇當然是罪惡，但那只不過是社會上的罪。戀愛本身或許是一種遠遠地超越了社會性的罪惡。

無法以理性控制的感情，也可以說是人類與生俱來的犯罪性。

「不管是外遇還是陷下去，我現在都無法考慮。」

「我想也是。不過這也真是諷刺。像我這種實質上夫妻分居的男人遇不到那樣的戀愛，而你這種擁有典型幸福家庭的男人卻會落入愛河。」

「你說的典型幸福家庭錯了。你也知道，我因為兒子犯錯，遭到降級，去年妻子因為心理壓力而得了胃潰瘍，現在又碰上女兒跟男朋友的問題。」

「夠幸福了。」

「坦白說，我第一次覺得自己的家庭如此累贅。別人眼中的幸福，與我追求的幸福，現在是截然不同的兩回事。」

「我懂。」伊丹把視線從龍崎身上別開，掃視房間，好像想起了什麼。「這就是真正的戀愛。你結婚的時候應該也戀愛過——普通的戀愛，不過或許那不是真正的戀愛。能夠遇上真愛的人應該不多。以這個意義來說，我覺得你是幸福的。」

「你那種說法令人難以置信。」

「我說錯了嗎……？」

「你把戀愛說成一種幸福，但現在的我一點都不幸福。我從來沒有這麼痛苦過。夜不成眠，陷在就快迷失自我的不安當中。」

「愈聽愈像真愛了。」

「我懷疑過或許是因為我沒有免疫力。如果是風流成性的男人，就不會這麼難受了嗎？」

「才沒那麼簡單。聽好了，風流畢竟只是風流。就算你去向銀座或六本木的酒家看上的小姐求愛，也解決不了任何問題。不管再怎麼風流成性的男人，只要真正墜入愛河，就會變回普通的男人。就像現在的你這樣。」

「那就完全沒救了……」

「你要讀讀《葉隱》嗎？」

「《葉隱》……？鍋島藩的備忘錄，能有什麼幫助？」

「『武士道者，死之謂也』。書裡面提到了武士的行動規範。每天早上都立下覺悟，準備隨時赴死。在專注某件事時，必須懷抱著『置生死於度外』的覺悟……我覺得這與你的人生哲學頗為相近……你也知道吧？《葉隱》曰：『戀之極致，即為忍戀』。意思是全心全意地思慕著對方，但祕而不宣，懷著情意而死，這樣的戀情才是真情。」

「真通俗的解釋。《葉隱》是鍋島藩士山本常朝口述武士信條，由田代陣基記錄下來的作品，這裡說的『戀』，指的是武士對君主的感情。」

伊丹露出有些掃興的表情。

「為什麼就不能照字面去解釋呢？我們是公務員，就像是武士。武士極致的愛，就是忍戀。這麼想就好了嘛。」

龍崎尋思了半晌。

「這能有什麼幫助？」

「就看你自己的決心了。聽好了，武士是一種比喻，代表了一個人受到對君主的忠義、家族門第等層層捆綁的處境。這不是很像現在的你嗎？不管燃起多熾烈的愛火，也無法投身其中。既然如此，即使只是窮忍耐，也只能主張忍戀才是極致的愛了吧。」

「窮忍耐……」

「如果你有拋下家庭和工作的決心，那另當別論。即使離婚、眾叛親離，也只要放手去追求你的愛情就是了。」

「就算這麼做，結果也可想而知。」

「但實際這麼做的男人不少。」

龍崎覺得即使繼續談下去，也不會有任何結論。

他不是想要結論才來的，只是想要傾吐一番。他認為告訴別人自己的苦楚，或許可以輕鬆一些。

而事實上他也慶幸自己找伊丹傾吐了。

他第一次覺得伊丹十分可靠。以前他從未想過要找伊丹商量任何事，他私底下自信比伊丹更優越。

但唯獨這次，兩人立場相反了。但他還是感到慶幸。

「抱歉占用了你的時間。」龍崎說。「這件事請不要告訴任何人。」

「廢話，誰會說出去？不過之前你說的事，或許意外地並非杞人憂天。」

「這是指什麼？」

「你不是說，方面本部和警察廳的警備企畫課長似乎暗中策畫要讓你失勢嗎？」

「找到什麼根據了嗎？」

「這只是傳聞……方面警備本部即將成立前，第二方面本部長和警備企畫課長一起吃過幾次飯，卻沒有找本部長人選的你參與。這很不對勁吧？」

「也許是他們私底下很好。」

「你不會真的這麼相信吧？」

當然不。兩名高級事務官私下用餐，肯定是為了密商某些事。

「總之你要多小心。」

「我正提高警覺。」

龍崎就要離開部長室，伊丹說了。

「緋聞是菁英官員的致命傷。你要記住，現在正是生死關頭。」

13

龍崎回到大森署的方面警備本部一看，辦公室裡有些鬧哄哄。

他問長谷川：「出了什麼事嗎？」

「啊，我正想聯絡本部長。」

「出了什麼問題嗎……？」

「哈克曼要求關閉羽田機場。」

龍崎大吃一驚：「告訴我出了什麼事。」

「哈克曼用完早餐回來，繼續查看監視器畫面，沒有多久，他突然要求關閉羽田機場。詳情請去問他本人。」

哈克曼正在對一名管理官大吼大叫，機關槍似地說個不停。

而畠山拚命地在口譯。龍崎走近哈克曼。

哈克曼察覺，轉向龍崎說：「你是負責人對吧？那就命令這群傻瓜，立刻關閉羽田機場！」

「你發現了什麼嗎？」

「我發現可疑的活動。」

「說明一下。」

「在說明之前，先關閉機場。」

「關閉機場是件大事，不是可以說關就關的，得要有充分的根據。」

龍崎和哈克曼幾乎是直接對話，畠山偶爾會幫忙翻譯。

「你看這個。」

哈克曼指著播放監視器畫面的螢幕。龍崎探頭觀看。

哈克曼回到座位，播放影片。是羽田機場的監視器畫面。似乎是入境大廳。

畫面上只有人潮，龍崎看不出任何異狀。

「哪裡有異狀？」

「光看這個看不出來。」

哈克曼點選其他影片播放。是同一個地點的畫面，日期時間好像不同。

龍崎還是看不出玄機。

哈克曼說：「還有這個。」

是同一個地點、其他日期時間的畫面。

龍崎蹙眉。他看不出哈克曼到底覺得哪裡有問題。

「上面有什麼？」

「請注意這個人。」

哈克曼用原子筆筆頭指著螢幕靜止的畫面。

龍崎照著他說的細看。

「我擴大一下。」

哈克曼把某名人物的畫面擴大。龍崎發現了。

「他的耳朵有東西。」

「應該是手機的無線耳麥。在美國，是軍方人員和駕駛常用的設備。」

「日本很少看到呢。如果是隨身聽耳機，年輕人也常載……」

「我看著監視器畫面，注意到這一點。所以覺得這個人很特別。」

哈克曼點出的另一段影片，也有戴著相同耳麥的人。雖然喬扮成不同的人，但仔細一看，身材很相似。

「是同一個人呢。」

「錯不了。」

「別的畫面也有他嗎？」

「還有另一次。換句話說，這名人物更換服裝，出現在羽田機場三次。時間不規則，但足以懷疑是在策謀些什麼。」

哈克曼說的有道理。一個人變換服裝，頻繁出現在機場入境大廳，很難想像會有什麼正當理由。

「我認為有必要進一步確定。」龍崎說。「但不能只因為這樣就關閉機場。」

哈克曼張大了眼睛瞪龍崎。眼珠微微顫動著，是非裔人士憤怒時的特徵之一。

「已經證實有一起恐攻計畫，這應該視為恐攻的徵兆。羽田機場有陰謀正在進行，防堵它是你的義務。」

龍崎也認為應該這麼做。但即使只有短短的一小時，關閉機場造成的影響難以估計。就算是警視總監或警察廳長官，也很難做出這樣的決定。

「我會聯絡負責機場的警察署，要他們仔細調查機場的每一個角落，並立刻請示綜合警備本部。我能做的就是這些。」

「窩囊廢！」哈克曼嚷嚷。「這樣子怎麼可能保護得了總統！」

龍崎很能理解哈克曼的心情。

龍崎也一樣想要當場斷然處置，但他沒有那樣的權限。

他命令畠山：「聯絡綜合警備本部，還有東京機場署。」

「好的。」

畠山拿起附近的電話。不會浪費時間折返自己的座位，證明了她的能幹。

立刻就聯絡到綜合警備本部了。是本部的聯絡人員接的電話。

「我是第二方面本部的龍崎。羽田機場入境大廳的監視器畫面中發現可疑活動，特勤局人員哈克曼主張應該立即關閉羽田機場，請綜合警備本部指示。」

聯絡人員驚慌地說：「請稍等。」

龍崎等了三十秒。

「我是理事官井上。你說的可疑活動，具體來說是什麼？」

「有一名非機場人員的人物，三次出現在入境大境，留下影像紀錄。」

一小段停頓。

「只是這樣而已嗎？」

「哈克曼先生很重視這件事。若以國內有恐攻計畫正在進行的情資為前提來思考，這可說是相當可疑的活動。」

「機場不能關閉。只能用其他方法處理。」

龍崎早就料到會得到這樣的回答。但還是得提出要求。

「事關美國總統的生命安全。我認為必須斷然做出處置。」

「我會再聯絡。總之我們會聯絡東京機場署，強化維安……」

「我們已經處理了。」

「麻煩了。」

電話掛斷了。如果可能，龍崎想直接和藤本警備部長通話。碰上這類重大情況，應該盡可能與高層商議。

但警察組織很難做到這一點。

龍崎一放下話筒，畠山立刻說：「東京機場署在線上。」

龍崎再次拿起話筒。

「我是第二方面本部的龍崎。」

「這裡是警備課。」

場。

龍崎說出與剛才報告綜合警備本部幾乎相同的內容，但沒有要求關閉機場。

「好的。請把影片檔送過來，我們立刻調查。」

「一有結果請立刻通知。」

「好的，我們會聯絡。」

周邊警戒班已經製作好備份影片及戳取畫面。該名人物戴著帽子等等，掩飾容貌，但人員還是設法找到了足以辨識臉部的畫面。龍崎要負責人把這些資料傳送到綜合警備本部和東京機場署的警備課。

「然後呢……？」在一旁看著龍崎行動的哈克曼說。「現在是什麼狀況？」

「等綜合警備本部聯絡。負責機場的警察署應該會立刻展開調查，並加強警備。」

「太不像話了。應該關閉機場，把所有的一般民眾趕出去，進行徹查。」

「如果關閉機場，各航空公司及商家會蒙受莫大的損失，貴國會補償這些損失嗎？如果你有權決定這件事，我也能回應你。」

「這是日本國內的問題，美國沒有賠償損失的義務。」

「我沒有權限關閉機場。」

「那麼我直接跟有權限的人談。幫我準備車子。」

長谷川和管理官都聚集過來，看著龍崎和哈克曼對話。

龍崎說：「好，你可以和警備部長談，但警備部長未必就能做決定。」

「總比坐在這裡空等好。給我車子。還有，口譯也跟我一起去。」

這句話觸怒了龍崎：「她不能去。口譯綜合警備本部應該也有。」

哈克曼瞪了龍崎一眼，咒罵了一句，離開辦公室。

龍崎知道畠山正擔心地看著他。他沒有和她對望。

長谷川問：「沒關係嗎？這樣等於是和特勤局人員對立了……」

「我們不可能滿足他的要求。」

「我不是說這個，至少應該讓口譯跟他一起去……」

這句話扎進龍崎的心胸。

這是長谷川第一次批判龍崎的做法。他肯定一直默默在等待龍崎犯錯。
龍崎刻意忽略這件事。
本部被沉重的氛圍所籠罩。

14

哈克曼離開後過了約四十分鐘，綜合警備本部來電找龍崎。
「我是龍崎。」
「請稍等，我轉交給藤本部長。」
部長親自打電話來了。龍崎內心警戒起來。
「龍崎先生嗎？」那有些江湖味的口吻從話筒傳了過來。「外國佬氣勢洶洶地找上門來了……」
「他堅持要直接和負責人談，所以我讓他過去了。」
「他要求關閉羽田機場……」

「這件事我已經報告上去了。」

「我聽說了。他說有一名可疑人物被監視器拍到三次對吧？」

「是的。」

「你覺得這算得上什麼根據嗎？」

「是的。」龍崎毫不猶豫地回答。「平常的話，或許不算什麼重要的問題，但現在我們接到情資，指出有伊斯蘭教激進派恐怖主義網站正計畫刺殺美國總統，並且有日本人協助，我認為可以將之視為危險的徵兆。」

「沒必要猶豫。依邏輯來看，這是理所當然的結論。」

「但那個人也非常有可能與恐攻完全無關。若是那樣，關閉機場就太過頭了，不是嗎？」

問我又能如何？

龍崎這麼想，但當然不會對警備部長說這種話。

「美國總統九天以後就會抵日。端看把它視為還有八天，還是只剩下八天，應對方式也有所不同……」

「不必打高空。你也立刻過來這裡。」

為什麼方面警備本部長的龍崎得過去綜合警備本部？他想不到合理的理由。但既然警備部長下令，他不能拒絕。龍崎只不過是一介轄區警署的署長。

「我立刻過去。」

「我等你。」

電話掛斷了。龍崎放下話筒，立刻準備外出。畠山注意到，靠了過來：

「要出門嗎？」

「對，叫我去綜合警備本部。」

長谷川在旁邊說：「是為了哈克曼先生的事嗎？」

龍崎看向長谷川。長谷川一臉關心。龍崎不知道那是否發自真心，但即使是虛情假意也無所謂。

既然長谷川採取這種態度，表示他目前並不打算違逆龍崎的方針。

「是的。會順便討論羽田機場的事。」

「要我一道同行嗎？」畠山說。

龍崎一瞬間窮於回答。接下來他要去見藤本部長，所以帶著原是藤本部下的畠山一起去，或許是很自然的事。

但龍崎搖搖頭：「不，你留在這裡，聽從副本部長指揮。」

因為他總覺得心虛。

冷靜想想，即使帶著祕書官一起去，應該也毫無問題。但現在的龍崎並不冷靜。

「好的。」畠山回答。

龍崎來到綜合警備本部時，哈克曼仍舊像之前那樣大聲嚷嚷著。恐怕他來到這裡之後，就像這樣不停地主張著。

史汀菲爾德坐在椅子上，面無表情地看著哈克曼那副模樣。龍崎覺得應該先弄清楚哈克曼的這名同事是什麼看法。

如果史汀菲爾德開始為哈克曼進行掩護射擊，狀況會變得更加棘手。或許他也覺得年輕同事的行動太過火了。

從表情完全看不出史汀菲爾德在想什麼。目前他靜觀其變。這讓龍崎覺得他不好對付。

「喂，龍崎先生，那個叫哈克曼的美國佬幹嘛那麼激動啊？」

「應該是出於責任感吧。我認為這理所當然。他們得到了刺殺總統的情資，所以任何徵兆都不願意放過。」

「這是你真心的感想嗎？」

「感想……？我想現在不是發表感想的時候，而應該提出有憑有據的見解。」

藤本部長微微擺了擺手。

「那就告訴我你的見解吧。」

「我認為哈克曼的主張言之成理。」

「你是說應該關閉羽田機場？」

「如果可能，最好這麼做。如果美國總統有什麼萬一，日本在國際社會的聲望將一落千丈。對往後的美日關係影響難以估計。」

「你覺得關閉機場，會造成多大的損失？」

「應該會是每小時億單位的損失。」

「你想得太簡單啦。二〇〇五年小布希總統訪德的時候，法蘭克福國際機場關閉了三十分鐘，據說那個時候光是漢莎航空，就蒙受了數百萬歐元的損失。」

龍崎謹慎地思考。

損失一事他已經告訴哈克曼了。但哈克曼的主張很明確，比起金錢損失，總統的生命安全更為優先。

部長接著說：「不過那種情況是因為維安計畫臨時變更，太晚聯絡航空公司，才會造成損失增加。只要預先聯絡，航空公司也能做好應變，並配合警方。」

「這次總統專機著陸時，也會關閉羽田機場嗎？」

「不會。我們會以最高規格的管制來應對。沖繩高峰會和洞爺湖高峰會時，也沒有關閉機場。」

這時哈克曼發現龍崎，走了過來。

「你也看到監視器畫面了。快點告訴這群老頑固。」

龍崎用英語回答：「我沒有那個資格。」

「資格什麼的吃屎去吧！羽田機場正在進行某些陰謀，為什麼這些人就是不明白？」

「在日本，辦事沒有你們國家那麼單純。」

「你以為美國人就很單純？每個國家都有腦袋轉不過來的官僚，只是沒有這些人這麼蠢。」

「你最好注意你的措辭。如果你以為沒幾個人聽得懂英語，就大錯特錯了。」

「管它那麼多，我只是說出事實。」

龍崎在提防史汀菲爾德會怎麼出招。史汀菲爾德還沒有任何行動。

「來到這裡的路上，我又發現對象人物的某個特徵。」哈克曼說。

「特徵……？」

「那個人出現在監視器畫面的時間各別相隔一天。這個規則性或許有某些意義。」

「確定嗎？」

「第一次的影像是八月十九日，也就是上星期三。第二次是二十一日星期五，再來是二十三日星期日。時間不規則，但這個人各隔了一天，連續出現。」

龍崎尋思了一下這段話。

「請給我一點時間和部長談談。」

哈克曼拿他沒轍地抬頭看天，然後撇開臉去。不管他擺出什麼樣的態度，龍崎都不在乎。起碼他停止嚷嚷了。

龍崎把可疑人物相隔一天出現一事轉告藤本部長。

「我有幾個問題。」

「說吧。」

「一個小時前，我報告監視器畫面拍到可疑人物一事，請綜合警備本部判斷是否能夠關閉羽田機場。這一個小時之間，都沒有做出任何結論嗎？」

藤本部長微微板起臉孔。

「事情哪有那麼簡單？關閉機場超出警方能夠決定的範疇。我們已經聯絡國交省的警備對策本部，正在等他們回覆。」

「國交省擔心龐大的損失，所以聯絡經產省，然後想要循外交途徑探詢美方的意思，聯絡外務省。然後等待各方面回覆，時間徒然流逝……目前是這種狀況嗎？」

「何必說得那麼刻薄？關閉機場就是這麼重大的事啊。」

「航空公司不就是為了這種狀況才投保的嗎？」

「不只是航空公司的問題。所有的旅客都會受到某些影響，機場內的商家也會蒙受損失。」

龍崎可以理解藤本部長的心情，但現在不是感情用事的時候，必須據理力爭。龍崎也不是想要關閉機場，只是覺得該說的事情非說不可。

「但如果美國總統有個什麼萬一，日本蒙受的損失可不是那麼簡單的。」

藤本部長低聲呻吟：「你不是已經在設法了嗎？」

「東京機場署正在進行搜索。」

「好吧，綜合警備本部也派人過去。也應該進行交管。你們那裡可以進行嗎？」

「好的。」

交通管制和搜索本來就是方面警備本部的任務，沒有問題。

「我想確定一件事。」

「什麼事？」

「現場指揮系統的紊亂，會嚴重降低搜索效率。綜合警備本部派來的人力，會聽從第二方面警備本部和東京機場署的指揮吧？」

藤本部長立刻說：「你說的沒錯。這一點會徹底執行。」

「好的。」

「關閉機場一事，我也無法做主，得等國交省回覆。在這之前，你把那名美國佬帶回去，想辦法牽制他吧。」

龍崎想，原來藤本部長把他叫來的真正目的是這個？

藤本部長的意思是，哈克曼之前是交給第二方面警備本部，所以他們要想辦法處理他。

不能拒絕。

「部長認為要多久才會有結論？」

「這沒有人知道。我想國交省那些人也不知道吧。」

這應該是真心話。

龍崎用英語對哈克曼說：「總之我們先回去方面警備本部吧。你的要求，對方已經充分明白了。」

「已經充分明白了？你在開什麼玩笑？如果他們真的明白，就應該立刻關閉羽田機場才對！」

「警方無權做主。」

「那就讓我見有權決定的人！」

「那你得去找國交省的事務次官或大臣，甚至是總理大臣才行。」

「安排我見面。」

看來哈克曼天不怕地不怕。他是保護總統的特勤局人員，這或許是理所當然的反應。只要是為了保護總統，對他來說，去見他國首腦是天經地義的事。這種追求合理的態度令龍崎羨慕。

同時他覺得美國儘管也有許多問題，但還是比日本更重視合理太多了。

不，現在不是想什麼美日行政機關差異的時候。

「目前負責機場的警察署正在進行搜索，我想應該會有某些成果。」

「你以為我特地從美國過來是為了什麼？就是為了保護總統。你們形同在妨礙我的任務。」

「我很清楚你們的目的。但即便如此，也不是就可以開著推土機在別人家院子裡橫衝直撞。」

「如果發現庭院裡埋著危險物品，就不會有人抗議了吧？」

「待在這裡，不管你再怎麼努力，狀況也不會改變。你應該跟我回去，找到最好的方法。」

哈克曼直盯著龍崎看。他似乎在盤算什麼。

這時一直坐著、默默觀望的史汀菲爾德開口了。

「萬一出了什麼事，到底誰來負責？」

龍崎望向史汀菲爾德。還是老樣子，看不出他的表情。那句話似乎也不是針對龍崎一個人。

口譯將這段話轉達給在場所有的人。

龍崎望向藤本部長。

藤本一臉苦澀地說：「天皇陛下會負責。這樣說你滿意了嗎？」

史汀菲爾德對哈克曼說：「你做得不錯，但還沒有成果。全力以赴吧。」

哈克曼忽然安靜下來：「嗯，我知道。」

哈克曼的態度變化，如實地反映出兩人的關係。哈克曼很尊敬史汀菲爾德，在公務上對他另眼相待。史汀菲爾德是哈克曼的搭檔，同時似乎也是指導人員。

就像俗話說的，愈不會咬人的狗叫得愈大聲，對於默不吭聲的人，必須更加留神注意。

龍崎向藤本部長行了個禮，帶著哈克曼撤回大森署。

回程車中，哈克曼本來臭著臉看窗戶，忽然轉向龍崎說：「我要去羽田機場。」

「你要加入搜索行動？」

「有時候實際到現場，可以察覺螢幕上看不到的事。」

哈克曼的聲音依然充滿自信。

確實，他從監視器畫面裡找出了可疑人物。方面警備本部的周邊警備班就沒能發現這個疑點。

他無疑是一名優秀的護衛官。不僅訓練有素，似乎還富有天賦才能，同時兼具專注力與持續力。

他究竟已經連續工作了幾小時？即使如此，他依舊鬥志高昂，要求前往現場。

真是個厲害的傢伙。立場上，目前龍崎與哈克曼對立，但其實龍崎開始對他萌生好感，甚至認為他值得尊敬。

「好的。」

「我要帶那個口譯小姐一起去。」

瞬間龍崎失去平靜。

之前因為專注在工作上，他才能維持平常的自己。

「怎麼了？」哈克曼說。「我需要口譯。她是我的口譯，當然要陪我一起去。」

龍崎設法冷靜應對。光是佯裝平靜就費了他一番工夫。而且他已經不知道什麼叫做冷靜了。

這陣子他痛感到人在驚慌失措的時候，比什麼都難假裝若無其事。

「我也一起去。」龍崎說。

說出口後他才驚訝不已。

我在說什麼？我身為本部負責人根本沒必要跑去第一線攪局。

哈克曼露出難以理解的表情看著龍崎。

「為什麼你要一起來？」

「我也想看看現場。不能把責任全推給警察署。」

「你是指揮官，應該在本部統籌全局。如果擔心，派個人過去就是了。」

「有時候是這樣沒錯，但有時也需要親上火線。」龍崎設法自圓其說。

「我認為這次情況特殊。你指出的疑點我能理解，或許羽田機場有發生恐攻的徵兆。這種情況，我都會前自上現場。」

「願意身先士卒的指揮官，能贏得士兵愛戴。」哈克曼說。

「或許吧。」

「但是會受到指揮部厭惡。」

「我似乎可以理解。」

接下來直到返回大森署，哈克曼都沒有再說什麼。

回到方面警備本部，龍崎說要和哈克曼一起去羽田機場，長谷川的反應出人意表。他笑著點點頭：「我就知道您是這樣的人。」

龍崎忍不住問：「什麼意思？」

「我聽說過人質事件的詳細經緯。您將指揮本部交給刑事部長，親自前往現場指揮。」

原來如此，我得到的評價是這樣的嗎？但哈克曼說過，上前線的指揮官，會招來指揮部反感。

龍崎猜測，長谷川的笑容或許是苦笑。

「我立刻出門。」

龍崎說，長谷川點點頭：「東京機場署那裡我來聯絡。」

如果方面本部長可以打電話聯絡，辦起事來就更順利了。

「麻煩您了。」

龍崎看畠山。她好像一直在看龍崎。兩人對望了。瞬間，龍崎忍不住別開目光，然後重新望向她說：「你一起來擔任口譯吧。」

「好的。」

畠山立刻起身。

那有如警察官典範的機敏動作，令龍崎心滿意足。

15

畠山坐在副駕駛座。平常這沒有什麼，然而現在龍崎連車內的座位都要計較。畠山不在自己身邊，令他煩躁不堪。

他很清楚這不正常。儘管明白，卻身不由己。

龍崎甚至感到挫敗。

他深信就是理性讓人之所以為人。然而面對動盪的感情，這個信念有如風中之燭。

他再次湧出自己就快變成另一個人的不安。

「不是說要交通管制嗎？」

聽到哈克曼的話，龍崎一驚：「你聽得懂日語嗎？」

「口譯告訴我的。」

龍崎輕聲咂舌，取出手機。他是對自己咂舌頭。

居然忘了下指令……我真的太反常了。

他打到方面警備本部，叫長谷川聽電話。

「什麼事呢？」

「為了在羽田機場進行搜索，需要進行交通管制。我會看看現場附近的情況再聯絡，請指示交通管制班。」

「好的，請交給我。」

「我再聯絡您。」

龍崎掛了電話，收進內袋。

畠山好像正從副駕駛座偷看他。他覺得自己出糗了。

比起忘了下達指令的事實，他更在乎在畠山面前被指出錯誤。

羽田機場附近車流量不多，不一會兒就到機場了。東京機場署在第二航廈前。

辦公大樓屋頂頂著一塊像紅帽的東西，是它的特徵。據說是模擬警察的紅色警示燈。

龍崎在櫃台亮出警徽和身分證。

「我是第二方面本部長龍崎。」

櫃台人員的表情立刻嚴肅地綳緊了。

「這位是美國國家安全局的哈克曼先生，她是我的祕書官畠山。我想見羽田機場搜索行動的負責人，我該到哪裡去找他？」

「請稍等。」

櫃台人員立刻打內線聯絡。

「我帶各位過去警備課長那裡。」

一名櫃台人員說。如果對象是一般市民或基層員警，不可能有這種待遇。

哈克曼不耐煩地對龍崎說：「我說我要去現場，可沒說要來警察署。」

「需要安排。就算無頭蒼蠅似地在機場裡亂走，又能如何？」

「那樣就夠了。」

龍崎看著哈克曼：「你說什麼？」

「只要去到現場，我就能知道些什麼。」

龍崎才剛覺得他值得尊敬，現在卻開始受不了他的自負。

「若不事先知會一聲，連我們都會被當成可疑分子。」

哈克曼露出吃不消的表情說：「好啦。」

警備課長起身迎接龍崎一行人。

「警備本部長居然親自前來……」

警備課長的年紀似乎比龍崎更大。他自稱馬場，大平頭的頭髮摻雜了一些白髮。

雖然有些小腹，但體格和姿勢都很不錯。比起警察官，更像自衛官。龍崎猜測他可能是機動隊出身。

「畢竟事關重大。」龍崎說。「你聽說美國總統暗殺計畫了嗎？」

「是的。現在機場署正以相當於緊急調度的陣仗，展開搜索。」

「所有的人員都知道可疑人物的外貌嗎？」

「我們將收到的畫面影本，分發給每一名負責搜索的署員。」

「搜索計畫是什麼？」

「我們分成三個班，分別搜索對象人物、盤問及尋找爆炸物等可疑物品。」

畠山耳語似地將馬場課長及龍崎的對話翻譯給哈克曼。龍崎瞥了他們一眼，覺得兩人距離太近了。

「我們也想去現場。」

馬場睜圓了眼睛。

「本部長親自去現場嗎……？」

「特勤局哈克曼先生堅持無論如何都要去現場看看，我也想一道同行。」

「好的，我派人帶路。機場內很大……」

「在現場負責指揮的是誰？」

「警備課的第一係長，星野。我聯絡他，有任何需要都請吩咐他。」

「太好了。」

馬場課長派了一名叫西本的年輕署員陪同。他穿著地域課的制服。課長說採取了相當於緊急調度的陣仗，警備課人員應該幾乎全部傾巢而出，進行搜索了。

眾人立刻乘車前往第二航廈。二樓出境大廳正面，並排著航空公司櫃台與自動通關機。天花板挑高到三樓。

大廳有四個時鐘塔一字排開。夏季旅遊高峰期已過，人並不多。

到處都是兩人一組的制服警官。

龍崎打手機聯絡長谷川。

「機場內正進行全面搜索，請攔檢進出機場的車輛。」

「好的，我會指示交通管制班。」

西本等龍崎收起手機說：「星野係長在第一航廈。要直接過去嗎？」

龍崎看著哈克曼。畠山已經把西本的話翻譯給他了。

「這裡是第二航廈吧？」哈克曼說。「第一航廈應該很遠。先從這裡看起比較有效率。」

他似乎預先調查過羽田機場的內部構造了。以特勤局人員來說，是理所當然的準備工夫。

哈克曼的步伐極快，龍崎勉強才能跟上。出境大廳的航空公司櫃台附近、行李X光檢查機、手扶梯、一樓入境大廳、行李領取處……哈克曼快步走著，頻頻東張西望。

接著他前往三樓至五樓的商店街。手扶梯的部分，從三樓到五樓是挑高圓頂設計，那近未來風格的景象震撼力十足。

哈克曼在尋找某種觸動天線的東西。龍崎也是警察，但向來對第一線人員的嗅覺甘拜下風。

他認為自己的職責是運用那類擁有敏銳偵辦能力及危機管理能力的人。事務官有事務官的角色。管理階層即使和現任調查員比較第一線的直覺，也不可能有勝算。

哈克曼毫無疑問是一流的護衛官。龍崎判斷這時候只要跟著他走就行了。

伴手禮、醬煮料理、玩具、便當……商店街裡，形形色色的商家櫛比鱗次。

穿過商店街，再次回到出境大廳，哈克曼滿不在乎地走向只有持機票的旅客及相關人員才能進出的登機口候機室。是一般稱為「裡面」的通關口內側。機場人員出面制止，但龍崎出示警徽，一行人進去了。

哈克曼突然停下腳步，注視著一點。龍崎跟著望過去，訝異哈克曼在看什麼。

兩名警察正彎著腰在做什麼。

哈克曼突然衝向兩人大喝：「混帳！你們不要命了嗎！」

龍崎嚇了一跳，只能呆呆地看著。

兩名警察也驚訝地看著衝過來的哈克曼。一人警戒起來。

哈克曼推開那名警察。

「你做什麼！」

被推開的警察想要抓住哈克曼。他聽不懂英語，以為對方是暴徒。

另一名警察也撲向哈克曼。哈克曼嚷嚷著抵抗。

「住手！」

畠山美奈子大聲說。西本彷彿被她的聲音催促，也開口制止：「住手，那個人是特勤局人員。」

這時龍崎已經理解哈克曼為什麼突然衝上去了。

原本正要制服哈克曼的警察鬆手。哈克曼咒罵著，甩開兩人的手。

一名警察對西本說：「這到底是怎麼回事？」

西本不知該如何回答才好。

龍崎說：「你們是不是在檢查可疑物品？」

兩名警察中的一名驚訝地說：「你是誰？」

西本慌張地說：「混蛋，這位是方面警備本部的龍崎本部長。」

兩名警察微微立正敬禮。

龍崎再問了一次同樣的問題。另一名警察回答：「是的，我們發現了紙箱，正要調查，結果這名外國人突然衝過來……」

「萬一那紙箱裡面裝的是爆炸物怎麼辦？」

「咦……？」

「有些炸彈的起爆裝置，光是震動就會啟動。哈克曼是想要警告你們。」

「哦……」

兩人面面相覷，似乎都覺得不可能發生這種事。

龍崎認為這就是危機意識的不同。

哈克曼總是設想最糟糕的情況，然而兩名警察卻篤定不可能有炸彈，只是有人把空箱忘在這裡罷了。

龍崎說：「你們得更認真一點搜查，否則就像他說的，可能會沒命。」

這時哈克曼已經失去興趣似地繼續往前走。龍崎等人再次跟上他。

龍崎問哈克曼：「你有處理爆炸物的經驗嗎？」

「我有個同事是被炸死的。」

龍崎只能默默點頭。

第二航廈為地上五樓，地下一樓。一樓是入境大廳，二樓是出境大廳。出境大廳的櫃台以全日空為中心。描繪出曲線的天花板灑下柔和的自然光，照亮大廳。

每一樓都有伴手禮店和餐廳。出境大樓也有飯店。

三樓是商店和餐廳、通往停車場的通道等等。四樓是餐廳，五樓是餐廳和瞭望台。挑高的圓頂就是這個部分。

二樓最為遼闊，四樓最為狹小。哈克曼走遍每一個角落。

接著一行人前往第一航廈，在這裡的一樓中央，發現正在執行現場指揮的警備課第一係星野係長。

第一航廈比第二航廈更大。一樓入境大廳正面有一排玻璃門，分隔行李提領處與大廳。近處有服務處和巴士等票券櫃台，會面點「會合廣場」擺飾著以翅膀為意象的巨大雕像，星野就站在那座雕像前方。

星野也是一名精悍的男子，符合警備課形象。看起來比龍崎年輕一些。

「龍崎本部長對嗎？」星野說。「我接到署裡的聯絡。本部長居然親臨現場，令人驚訝。」

為什麼每個人都說一樣的話？龍崎想著，問道：「搜索進行得如何？」

「沒有可疑物品、沒有對象人物的目擊證詞。同樣地，也沒有人認得對象人物。」

畠山把這段話轉述給哈克曼。

星野繼續說：「本部長，這次會不會是撲空了？」

畠山才剛把這話句翻譯過去，哈克曼又嚷嚷起來：「這種搜索能查出什麼東西？負責搜索的是一群漫不經心地打開可能裝有炸彈的可疑箱子的人！就不能更認真一點搜索嗎？」

星野皺起眉頭：「他在說什麼？」

龍崎說：「他說調查員的危機意識不足。」

星野臉色驟變，龍崎冷眼旁觀地看著。

「什麼？我們是認真的。請看，我們的搜索行動規模媲美緊急調度。署裡的人放下一切工作，都趕到這裡來了。」

「剛才有兩名人員在檢查可疑物品。」

「什麼……？」

「通道有個紙箱。那兩名員警毫無防備地就要打開箱子。」

星野的眉頭擠出皺紋來：「我明白本部長的意思，但那只是碰巧被您看到而已。請不要拿少數署員的行動來評斷全體。」

「俗話說見微知著。既然接到的情資顯示有刺殺美國總統的計畫正在進行，就必須懷著隨時都有可能發生任何事的態度來應對。」

「關於這一點，我對方面警備本部的指示有個疑問。」

「什麼疑問？」

「總統專機，所謂的空軍一號，應該會降落在羽田機場內的VIP停機坪，然後美國總統進入其他大樓的特別區，或直接上禮車移動。換句話說，從第一、第二以及國際這三個航廈，應該無法靠近美國總統，所以是否沒必要搜索一般旅客使用的航廈？」

龍崎必須思考該如何回答。

美國總統會帶著替身抵達日本。正牌總統和替身當然會循不同路線移動。也有可能替身走VIP路線，正牌總統悄悄從一般旅客通道離開。

而恐怖主義網站的暗殺者有可能知道特勤局的這種做法。換句話說，任何地方都有可能發生恐攻。

龍崎無法決定該如何回答。

龍崎要求畠山翻譯，把星野的話轉達哈克曼。哈克曼當場回答：「不能說出替身的事。」

「負責維安的當事人覺得這場搜索是白費工夫。無法全力以赴，有可能是這個關係。」

「維安的當事人只有我們特勤局。再說，總統會走什麼路線，要到當天的最後一刻才會決定。」

「你的意思是，日本的維安工作完全只是輔佐美國特勤局？」

「沒錯。」

龍崎覺得他這番自信毋寧令人欣賞。專業人士就應該如此。

「但是對於可疑人物和可疑物品的搜索，你們也只能仰賴日本警方，因此必須給他們一個可以接受的說明。」

哈克曼注視著龍崎的臉，然後說：「好，我來說明。」

龍崎向畠山點點頭，催促她口譯。

哈克曼開口，畠山翻譯給星野。

「即使總統經VIP路線入境，若設施內發生爆炸等騷動，必定會影響行程。最糟糕的情況，爆炸造成的損害有可能攪亂維安部署，危及總統安全。即使不是直接攻擊總統本人的恐怖行動，聲東擊西造成的影響也非常大。此外，恐怖分子也有可能向日本平民發動恐攻，以達到向美國總統表達抗議的目的。一旦造成莫大的損害，就可以歸咎於美國，在日本國內激起反美聲浪。無論如何，同一個設施內的恐攻行為都必須防堵。」

哈克曼的說明通暢清晰，口吻充滿自信，說服力十足。

說服這回事，比起內容，語氣更重要。

哈克曼說明結束後，龍崎補充說：「不論任何狀況，機場內都絕不能發生爆炸。請你們懷著無論如何都要阻止恐攻的心態來行事。」

「我們是這個打算……」

「不能只是打算。哈克曼是認真的。」

「我們當然也是認真的。」

「設想看看，如果九天以後來到羽田機場的不是美國總統，而是你的家人，而你的家人因為某些理由被恐怖分子盯上……」

星野的表情變了。他終於理解龍崎的意思了。

「沒錯。」龍崎說。「這可不是別人家的事。如果美國總統的安全有任何閃失，日本警察和政府的信用將一敗塗地。」

哈克曼就像巡視第二航廈時那樣，也在第一航廈內四處走動。

第一航廈大樓的構造和第二航廈大樓差不多。一樓是入境大廳，二樓是出境大廳，每一樓都有伴手禮店和餐飲店。出境大樓有航空公司櫃台和自動通關機，以及通往登機口候機室的入口。大時鐘的數目是第二航廈的兩倍。

三樓到五樓的商店街同樣是巨大的挑高結構，絢麗的外觀比起機場，更像購物中心。

從大廳到貨運區及登機口候機室等一般人不能通過的出入口，一行人全部走遍了。

走在遼闊的第一航廈內，看得出哈克曼的心情愈來愈惡劣。

結束搜索時，龍崎也不禁筋疲力盡，哈克曼卻一點都沒有疲累的樣子。他毫不掩飾怒意地說：「你說負責的警察署正在徹底搜索？」

龍崎回答：「沒錯。」

實際上如何姑且不論，但他確實是這麼告訴哈克曼的。

「這叫做徹底的搜索？日本的警察根本不想找到任何東西！」

「沒這回事。」

「那麼他們就是不知道該找什麼！」

「這也不對。他們知道對象人物的長相，如果有可疑物品，一定會處理。」

「對手可是專業人士。你們以為炸彈和武器會放在輕易找到的地方嗎？」

「日本警方也是專業人士。」

龍崎說著，感到有些空虛。

日本警察確實傑出。他有自信不論與世界任何一個國家相較，日本警察的素質都不落人後。不過那也僅限於日常犯罪偵查及交通指揮。論專業及反恐對策，再麼樣都不可能比得過美國。

龍崎深切地體認到這一點。

回到第一航廈一樓中央時，星野係長對龍崎說：「綜合警備本部通知說會加派人手過來……」

龍崎點點頭。

「那些人會由方面警備本部或東京機場署指揮。你來指揮吧。」

「我正準備要降低警戒層級……」

目前東京機場署應該動員了所有能召集的人員。但如果這時候解除警戒，一切都沒有意義了。

「請等綜合警備本部加派的人手過來，再搜索一次。」

「既然本部長來了，由您指揮如何？」

「不，現場事務我向來交給負責人。這樣比較有效率。」

瞬間，星野一臉意外地看龍崎。

「對了……」他想起來似地說。「您是大森署長龍崎署長。人質事件的事，在我們之間也蔚為話題。據說您對SAT和SIT的運用非常得當……」

只有風評不脛而走。

龍崎認為不管再怎麼能掌控現場，也算不上是個傑出的管理者。菁英官員的職責不是這些，重要的是以更俯瞰的角度綜觀全局。

「方面警備本部開始在羽田機場周圍進行攔檢了。只要加強警戒，或許對方會有新的動向。」

「換句話說，有可能把什麼人給逼出來？」

「不能說沒這個可能。」

「我知道了。我會暫時維持目前的警備規模。」

「麻煩了。」

龍崎和星野的對話，都由畠山轉達給哈克曼。一行人離開星野後，哈克曼問龍崎：「人質事件是指什麼？」

「你為什麼想知道？」

「在方面警備本部，你的副官談到這件事，這次的指揮官也提到了。」

副官是指長谷川吧。這麼說來，離開本部前，長谷川曾經提及。

「是以前發生在我轄區的案子。我的署成立了指揮本部，我把它交給刑事部長，自己前往前線本部，只是這樣而已。」

哈克曼沒作任何表示，彷彿已失去興趣。

16

綜合警備本部加派的人員抵達，再次進行搜索。哈克曼也重新巡視兩個航廈。哈克曼精力充沛地持續搜索到傍晚，但結果他沒能發現任何可疑的人事物。

即便是他，也不禁顯現出疲態來。

「你從昨天開始就不眠不休吧？」龍崎對哈克曼說。「今天就交給星野係長，回去休息怎麼樣？」

「我沒空休息。」

沒在航廈內發現異常，似乎令哈克曼更感焦急。

「我想以方面警備本部負責人的身分說句話。碰上萬一時，如果你的判斷力不足，有可能讓狀況變得更嚴重。你今天就回去下榻處休息吧。」

「這點事不會妨礙我的判斷力。」

「犯錯之前每個人都這麼說。」

哈克曼瞪龍崎。不，或許哈克曼是在思考，這只是龍崎的心理作用。

不久後哈克曼說：「好吧，今天就聽你的。不過別忘了，事情還沒有結束。就算今天的搜索什麼都沒有發現，也不能安心，而是相反。有可能敵人比我們所預料的更高明。這下子我更覺得有必要關閉機場，徹底搜查了。」

或許就像哈克曼說的。然而實際上，他們也無法進行更深入的搜索了。

今天一天，東京機場署的日常業務應該整個癱瘓了。警備課長馬場應該也沒有把事情看得多嚴重。

「我要回去本部思考對策，總之你好好休息。」

龍崎要哈克曼坐上公務車，先送他回了美國大使館。然後指示司機返回大森署。

畠山想要坐上副駕駛座，龍崎說：「怎麼不坐後面？」

「好的。」

她順從地照做。

隨著美國總統訪日的日子接近，緊張日益升高。而且還接獲情資，證實日本國內有刺殺美國總統的計畫正在進行。必須全神投入才行。

因此龍崎需要心靈上的安定。而若想安定心靈，就不該去想畠山的事。

這他太清楚不過了，但實在不可能做到。只有像這樣兩個人獨處的時候，他才能感到平靜，連自己都覺得不可思議。

他們不是兩人獨處會怦然心動的關係，而是在一起才是自然狀態，只要分開，就感到失落。

理所當然，兩人不在一起的時間比較長。而這段期間，龍崎一直痛苦不堪。光想起有人與她親密相處的情景，龍崎就覺得腦袋要燒起來了。光是想像她和別的男人交往，龍崎就陷入絕望。

感情的動搖幅度變得更劇烈了。他為了一點小事激動、為了芝麻蒜皮的事沮喪。

不行。這個樣子，我實在無法盡到方面警備本部長的職務。

必須設法脫離這個狀態。

這種問題，或許只有時間才能夠解決，但現在的龍崎沒有時間。九天以後，美國總統就要訪日了。

只是像這樣兩人坐在後車座，龍崎就幸福洋溢。但這也只是一天當中的短暫片刻。除此之外的時間，他都得處在未曾經驗過的強烈痛苦當中。

龍崎睡不好，所以也沒有食欲。再加上連日的酷暑，他明確地感覺到體重在這兩、三天之間減輕了。看看鏡子，臉頰凹陷，褲頭好像也鬆了。

我會不會就這樣生病？或是陷入瘋狂。

龍崎甚至感覺到這樣的危機。

短暫但珍貴的時間結束了。公務車抵達了大森署。

龍崎正要前往方面警備本部所在的禮堂，結果一樓的齋藤警務課長一臉蒼白地走過來。

「怎麼了？」

「刑事部長在本部……」

「伊丹來了……？」

刑事部長來警備本部有什麼事？龍崎納悶地前往禮堂。畠山走在斜後方。他希望她走在旁邊，但在署內也不能如此。她這樣的表現才恰當。

龍崎在走廊上被記者追問：「刑事部長為什麼會到本部來？」

「有什麼目的？」

「出了什麼事嗎？」

龍崎看也不看他們地應道：「不知道。」

「羽田機場似乎有什麼動靜，和這件事有關嗎？」

龍崎板起面孔。

今天一整天，羽田機場進行了大規模搜索行動。媒體當然也察覺了。

「我真的什麼都不知道。」

龍崎擺脱記者，踏入方面警備本部，裡面的氛圍完全異於平常。

空氣一片緊繃。理由很清楚，因為伊丹就坐在正面的警備部長席。光是刑事部長蒞臨坐鎮，眾人便都緊張不已，而且必定都納悶極了：坐在那裡的怎麼會是刑事部長，而不是警備部長？

「嗨，龍崎。」

伊丹以和現場氣氛格格不入的開朗語調招呼説。這個人總是意識著周圍的眼光。

他想要扮演一個平易近人、通情達理的理想上司，看起來也頗為成功，媒體對他也很有好感。

但那毫無疑問只是演技。

「你到底在這裡做什麼？」

聽到龍崎這句話，周圍的管理官和人員都倒抽了一口氣。

轄區署長不可能以平起平坐的口氣對本廳的部長説話。

伊丹旁邊的長谷川滿不在乎，祕書官席的野間崎也沒有吃驚的樣子。他們知道伊丹和龍崎的關係。

伊丹說：「來給你加油打氣。我也跟記者這麼說，他們卻不肯相信。」

「這裡沒有一個人會對你這種話照單全收。」

伊丹望向龍崎斜後方的畠山美奈子，表情有話想說。看到那張表情，龍崎明白伊丹來這裡的用意了。

龍崎看伊丹說：「你有話要跟我說是吧？」

「我以為有話想說的是你……」

龍崎想了一下說：「過來署長室吧，那裡可以安靜說話。」

「好。」

伊丹站了起來。

龍崎對長谷川說：「羽田機場的搜索沒有收獲。沒有發現監視器上的可疑人物，也沒有人認得他。此外，也沒有發現可疑物品。」

長谷川點點頭。

「辛苦了。」

「請繼續攔檢行動。我去一下署長室，有事請立刻聯絡。」

「好的。」

龍崎和伊丹一起步出方面警備本部，記者又同時發動問題攻勢。

伊丹看著正面說：「不就說是來慰問打氣的嗎？我跟龍崎從小認識，我們可是至交好友。」

龍崎訂正：「小時候認識是事實，但我們並不是什麼好友。」

伊丹大笑：「這傢伙老是這樣。」

伊丹以為是玩笑話，但龍崎是認真的。他們小學確實同班，但會在警察廳重逢，完全是巧合。

不過這段對話總算是把記者給唬弄過去了。署長室前是警務課，齋藤警務課長還在裡面。他一看到伊丹，立刻起立。

「不用管我們。」龍崎對齋藤課長說。

「好的，我了解。」

那不是了解的表情。他非常好奇伊丹怎麼會來。

龍崎進入署長室，關上總是大開的房門。

方面警備本部成立才不過六天，龍崎已經懷念起署長室來了。也許是懷念在這裡核批公文的日常。

六天以前，他也尚未和畠山美奈子重逢。雖然每天都會出一些大小事，但都是他能夠處理的。但與畠山有關的感情問題，他完全無力招架。

「聽說美方特勤局人員在監視器畫面發現可疑人物？」伊丹擅自在會客區沙發坐下來說。「這對刑事部來說也是重要情報，所以我想了解一下詳情。」

「部長親自來詢問詳情？」

「你也知道，我向來奉行現場主義。」

「誰會相信……」

龍崎在署長席坐下。

「那所謂的可疑人物是怎麼回事？」

龍崎詳細說明哈克曼的發現。伊丹沉思起來。

「只是同一名人物被監視器拍到三次啊……」

「但是那個人變換服裝，壓低帽簷，避免被人看見相貌。若非他的耳朵別著隨身耳麥，否則可能不會被注意到。此外，該名人物相隔一天出現在監視器裡，這種規則性一定有什麼意義。」

「好。剛才我請本部的人讓我看了那名人物的樣貌衣著，勉強看得出容貌，我們刑事部也會發布通緝。」

「關於這一點，最好聽從綜合警備本部的指示。公安和組織犯罪對策部必須步調一致吧？」

伊丹蹙眉：「公安和組對都沒將情報送過來，我們只好自己行動。」

「各行其是太沒效率了。」

「我也知道，很快就能打通關節的。」

伊丹一定也有他的苦處，龍崎決定不多批評。

事情談完，龍崎以為伊丹要走了，沒想到伊丹沒有要從沙發起身的意思。

一段奇妙的沉默。

「確實是個好女人。」伊丹說。

龍崎馬上就聽出他是指什麼了。

「所以才教人為難。」

「後來你有跟她聊到什麼嗎？」

「我們兩個都在本部，當然會說上話。而且她是我的祕書官……」

伊丹板起臉來：「不是說那個。我是說關於兩人關係的具體內容……」

「怎麼可能聊那種事？」

「為什麼？把自己的感情說出來，多少可以輕鬆一些吧？順利的話，或許她會積極回應。」

伊丹的說法實在曖昧難懂。

「不要那樣拐彎抹角的。你說的積極回應是什麼意思？」

「我也不好說得太露骨，拐彎抹角也是沒辦法的事。所謂積極回應，就是她主動要求跟你外遇啦。」

龍崎啞然了好半晌。看到他那張臉，伊丹說：「你那是什麼表情？今早我也說過，這年頭，外遇可不是什麼新鮮事。」

「或許是，但我覺得那跟我沾不上邊。」

「但你現在為她神魂顛倒。原本沾不上邊的事，突然變得真實無比吧？」

「你這是在慫恿我外遇嗎？」

「不是。」伊丹用一種勸導愚劣孩童的口吻說。「你今早的模樣實在太不對勁，所以我很擔心。你是那種會把自己逼上絕路的類型。」

「把自己逼上絕路？你可沒有資格說別人。」

「事實上你很痛苦不是嗎？而且變得這麼憔悴……」

實際上體重應該也減輕了不少。但龍崎不願意繼續將自己軟弱的一面曝露在伊丹面前。

「我身上揹負著方面警備本部的重責大任。而且美方還派來特勤局人員，為所欲為。弄得神經緊繃沒有片刻安寧。」

伊丹隱隱微笑。是別有深意的笑。

龍崎見狀問：「你那是什麼笑容……？」

「這點壓力才壓不垮你。你之所以憔悴，原因應該不是工作。所以你今早才會特地來找我吧？」

龍崎無法一個人承受痛苦，忍不住找伊丹商量了。瞬間他想，也許自己做錯了。但另一方面，當時他無法不去向伊丹求助，也是事實。

不管怎麼樣，問題都出在自己的心太軟弱……

伊丹說：「說真的，你想要怎麼做？」

「我不是說我不知道嗎？所以才會煩惱。」

「你不是不知道，而是不願意承認。順從自己的心意就是了。」

「你說順從自己的心意，意思是像動物一樣照著本能行動嗎？這我做不到。」

「不必想得太困難。往後你想和她維持怎樣的關係？只要冷靜思考這一點就行了。」

「上司與部下，或事務官前輩與後輩。我無法想像除此之外的關係。」

「這只是原則吧？」

「你也知道我重視原則吧？」

伊丹瞬間語塞，沉思起來。

「確實，別人也就罷了，你是有可能發自真心這麼想。」

「我當然是真心這麼想的。」

「但是這讓你痛苦萬分不是嗎？」

這回輪到龍崎思忖了半晌：「你說的沒錯。」

「唔……」伊丹仰望天花板。「你想要讓原則和感情兩全其美，所以才會痛苦。」

「但也只能這麼做了吧？」

「如果你選擇這條路的話……」

「沒錯。」龍崎點點頭。「我只能選擇這條路。」

龍崎說著，懷疑起自己真的做得到嗎？這樣下去，自己真的會發瘋。

「然後你會繼續痛苦下去。」

「應該吧。」說到這裡，龍崎終於忍不住想要說洩氣話。「瘋狂的愛慕這種形容，我一直以為只有歌詞裡才有……」

「欸，古時候碰上相思病，大夫也只會叫你去泡溫泉散心……問題是嫉妒，嫉妒教人痛苦。如果少了嫉妒，愛意應該不致於那麼痛苦才對。」

「確實，或許如此。」

伊丹仰望天花板的視線轉回龍崎：「這種時候也可以仰仗先人的智慧。」

「先人的智慧……？」

「沒錯。今早我說的《葉隱》也行，打禪什麼的或許也不錯。重點就在於『不動心』。」

「打禪……？我不否定宗教的存在。宗教有時可以拯救人心。但我絕對不可能去投靠宗教。」

「你這人真的很麻煩吔……而且禪學跟一般的宗教可不一樣，有人說那是鍛鍊心靈的手段。」

「我對那種事從來不感興趣。」

「你今早跑來找我訴苦吔？聽一下我的建議也無妨吧？」

聽到這話龍崎才發現，他把伊丹的每一個提議都打了回票，也難怪伊丹會鬧彆扭。

龍崎說：「我知道了，我會想想。」

伊丹點點頭站起來。

「羽田機場那邊怎麼樣？」

「今天撲了個空。」

「如果有刑事部幫得上忙的地方就告訴我。」

「由綜合警備本部提出要求才合規矩吧？」

「我是看在你我的交情上才這樣說的。掰。」

伊丹離開署長室。

龍崎坐在座位上，默默地思考與伊丹剛才的對話。

17

結果這天綜合警備本部沒有聯絡關於羽田機場關閉的決定性通知。龍崎猜想即便是國交省，也無法立刻做出決定。

龍崎在晚上十點多下班回家。

他累壞了，但一想到又會是個輾轉難眠的夜晚，就害怕上床。

或許該去看個醫生，拿個安眠藥。

由於心情緊繃，對妻子冴子也不由得態度冷漠。他本來就不是個熱情的人，因此冴子也沒有說什麼。但女人的直覺不容小覷。她應該已經發現龍崎的不對勁了。龍崎覺得就算被察覺異樣也是沒辦法的事。畢竟即使他想要維持正常也辦不到。

不知不覺間，晚餐時間的啤酒變成了兩罐。以前他的習慣是只喝一罐。

龍崎認為戀愛的終點不一定是婚姻。毋寧該說婚姻與戀愛是不同次元的問題。

因此他幾乎不曾為了與冴子的婚姻後悔過。坦白說，他認為如果自己單身，或許就不會這麼苦惱了。

雖然也不是說他單身，畠山就願意與他交往，但至少可以公平地去追求她。無法傳達感情，肯定也是令他痛苦的原因之一。他是可以把自己的愛意向畠山傾吐，但即便傾吐，也不能如何。

這段戀情沒有未來。光是想到這裡，龍崎就心情慘澹。

夜半果然醒了好幾次。他再次迎接沉鬱的早晨。

早上抵達方面警備本部時，哈克曼已經來了，正與畠山親密地交談。

伊丹說如果不會嫉妒，戀愛也不怎麼令人痛苦。龍崎痛感到這是事實。

「還沒有聯絡呢……」

長谷川的聲音傳來，龍崎赫然回神看他。

「聯絡……？」

「綜合警備本部的聯絡。關於羽田機場關閉的事。本部長來上班之前，哈克曼問了三次。

「國交省還沒有討論出結果吧。」

龍崎說著，注意到戶高人在本部。昨天他一整天不見人影。應該是去追查下落不明的卡車駕駛了。但那只是藉口，或許其實跑去和平島了也說不定。

龍崎叫來戶高。戶高慢吞吞地站起來，拖拖拉拉地走近龍崎的座位。

「什麼事？」

「卡車駕駛找到了嗎？」

「還沒有。我是問過貨運公司，查到身分了……我猜他可能攔了計程車，才能離開現場，所以昨天去計程車行四處打聽。」

「還沒有掌握到他的行蹤嗎？」

「完全掌握不到。」

「這太奇怪了……你去過他家了嗎？」

「去過了，不過是白跑一趟。」

「怎麼說？」

「貨運公司員工資料上的住址是假的。」

龍崎忍不住蹙眉：「住址是假的……？」

「對。換句話說，向貨運公司問到的名字也很可疑。公司的駕照影本也是偽造的。」

「怎麼回事？」

「不知道。不過我一開始不就說了嗎？這整件事充滿了犯罪嫌疑……」

犯罪嫌疑啊……

戶高這個人看上去吊兒郎當，但不得不承認他對犯罪有著靈敏的嗅覺。

或許戶高也像哈克曼那樣，具有天賦才能。如果他的工作態度再像話一點，應該就可以獲得更大的肯定了。

提供公司假住址，確實令人感覺到某種犯罪嫌疑。但也不能放任戶高自由行事下去。

「接下來交給交通課處理如何？」

戶高把那雙銅鈴大眼瞪得更大。

「署長，您不是說要讓我盡情查案嗎？」

「我當時應該提出了附帶條件，說警備本部忙碌的話，你必須專心處理這邊的事務。」

「特命班感覺又不怎麼忙……」

你以為我昨天在做什麼？

龍崎差點脫口而出，但隨即轉念，即使對戶高說這種話也不能如何。是龍崎自己要和哈克曼一起去羽田機場的，沒有人強迫他。

龍崎打算如果下次哈克曼說要去羽田機場，就派戶高替自己去好了。他覺得這真是個妙計，卻有個問題。

因為這樣一來，畠山也得跟著哈克曼和戶高一起去了。平常的話，這順理成章，對現在的龍崎來說卻是個大問題。

「那你打算繼續追查那個卡車駕駛嗎？」

「我是這麼打算。」

龍崎嘆氣。看來今天又是他落敗了。

「好吧。不過如果警備本部呼叫，你要立刻回來，知道嗎？」

「了解。」

龍崎覺得戶高只是嘴上答應，但也沒再說什麼。之後戶高便回去特命班的辦公區了。

龍崎感覺到長谷川在旁邊觀察剛才的對話。

他對長谷川說：「您覺得這樣不對，對吧？」

長谷川搖搖頭。

「我並不這麼認為。如果戶高的行動對警備本部造成某些妨礙，那就是個問題，但目前似乎也沒有……」

長谷川還是老樣子，對龍崎沒有任何批判性的態度。但龍崎覺得自己知道他在想什麼。他靜靜地在等待龍崎犯錯。龍崎必須隨時提防長谷川和野間崎。

只要自己示弱、或是捅出婁子，兩人或許就會立刻露出利牙。

「龍崎本部長，綜合警備本部來電。」

來了嗎？

龍崎立刻接起話筒。

「喂，我是龍崎。」

「請稍等，我請藤本部長聽電話。」

龍崎等了十秒。

「啊，龍崎先生嗎？我直接說結論，羽田機場不會關閉。不管是美國總統抵達前還是抵達時，都不會關閉機場，全力進行維安戒備。」

龍崎早就料到會是如此。

「這樣能夠阻止美國總統的刺殺計畫嗎？」

「必須阻止。接下來八天，除了強化維安，還要徹底搜查出日本的協助方。也會借助刑事部、公安部和組對的力量。警方要大展身手了。」

「好的。」

「你可以替我轉告哈克曼嗎？」

龍崎早就猜到得由他來說，雖然提不起勁，但還是非做不可。

「好的。」

「聽說羽田機場的搜索行動撲了個空？」

「是的。但我認為哈克曼的主張不容忽視。」

「真棘手……不過在沒有魚的地方撒網也沒用。」

「還不清楚是否真的沒有魚。哈克曼說，也許敵人比我們所想的更要高明……」

「我們當然會提高警覺。綜合警備本部這邊也會設法，不過可以交給你們解決嗎？」

「呃……？」龍崎忍不住反問。「這是什麼意思？」

「羽田機場是第二方面本部的管轄對吧？再說，一開始提出羽田機場有可疑人物的是你們那裡。」

「發現可疑人物的不是第二方面本部，而是哈克曼。」

「我們把哈克曼交給你了。」

現在是開始把哈克曼當成麻煩了嗎？

確實，昨天的搜索行動沒有成果。但因此認定羽田機場安全無虞就太危險了。

「如果聽到機場不關閉，他又要發飆了。」

「所以啦，」藤本部長以安撫的口氣說。「拜託你控制他一下。」

「我認為這不是控制他就能如何的問題。羽田機場也是，我認為解除警戒太倉促了。」

「我沒有說要解除警戒。不是說綜合警備本部也會設法嗎？」

「具體來說，會採取什麼措施？」

「所以要你們第二方面本部想想法子啊。那邊是你們的地盤吧？而且哈克曼也在那裡。羽田機場的問題，綜合警備本部會聽從你們第二方面本部的決定。」

「既然聽從我們的決定，希望可以重新考慮一下關閉機場的選項。」

「這不可能。」藤本部長斬釘截鐵地說。「這是國家的方針。」

不關閉機場，然而綜合警備本部卻要龍崎負起搜索羽田機場的責任。昨天徒勞的搜索留下了後患。

哈克曼的態度可能引發綜合警備本部幹部的反感了。在決定重要維安計畫時，不能受到個人的好惡影響，但有時就是會發生這種情形。

或者這是警備企畫課長落合的主意？他是否安排要龍崎扛起重責，然後靜待他犯下過失？感覺落合很有可能做出這種事。

不管怎麼樣，羽田機場的維安，變成龍崎的責任了。

「好的。羽田機場的搜索和警戒工作，我這裡會安排。」

「不好意思啊。畢竟綜合警備本部就像它的名字，必須對整個維安計畫負責……那我會再聯絡……」

電話掛斷了。

抬頭一看，哈克曼就站在前面。他一定是從龍崎的態度猜出了電話內容。

哈克曼開口：「機場關閉一事，已經有結論了吧？」

龍崎不想直接回覆哈克曼。他叫來畠山。

「替我翻譯。」

「好的。」

「這是國交省和綜合警備本部討論後的決定，羽田機場不關閉。」

畠山把話傳給哈克曼，哈克曼的眼睛倏地瞇成了一條線，一語不發。龍崎原本預期他當然又會瞪大眼睛叫囂嚷嚷，反而不知所措起來。

「當然，羽田機場仍舊維持極高的警戒層級，搜索也會持續進行。羽田機場的維安，改由第二方面本部這裡負責了。」

哈克曼還是不說話。西洋文化圈的人瞇起眼睛，是猜疑的表現。這種反應很詭異。口譯的畠山表情也很不安。

長谷川也屏息等待哈克曼如何出招。周圍的管理官都在關注龍崎與哈克曼的對話。

不久後，哈克曼說：「你說羽田機場的警戒及搜索，由這個方面警備本部負責？」

「是的。」

「換句話說，由你來負責？」

「是這樣沒錯。」

「那麼我要求以你的權限，關閉羽田機場。」

「這一點做不到。」

「為什麼？你不是負責人嗎？」

「國家的方針是不關閉機場。我只是在這樣的條件下負起責任。」

「這太荒唐了，這樣是要怎麼負責？」

「整體的維安責任由綜合警備本部長的警視總監負責。換句話說，我只是分擔了他部分的責任。」

「這是遁詞。羽田機場的維安責任在你身上。既然如此，你應該可以關閉機場。」

「不是這樣的。」

龍崎解釋著，感到一陣空虛。

論邏輯，哈克曼說的是對的。而龍崎本來是個重視邏輯的人。

儘管覺得哈克曼說的沒錯，同時卻也明白做不到。

龍崎等於成了綜合警備本部與美國特勤局的夾心餅。

哈克曼暫時中斷與龍崎的對話，取出手機，滔滔不絕地說起什麼來。

他說得很小聲，聽不太清楚，也不知道對方是誰。

沒多久，哈克曼掛了電話，對龍崎說：「比我更擅長談判的難纏人物要過來了。」

「誰？」

「史汀菲爾德。如果是我，絕對不想與他為敵，你很快地也會有相同的感受。」

龍崎開始感到厭煩：「跟我怎麼談都沒用的。我無權關閉羽田機場。」

哈克曼舉起雙手搖頭：「我的任務到此為止。總之你是負責人。史汀菲爾德馬上就會過來接替我。」

龍崎目瞪口呆。

狀況愈來愈棘手了。確實，兩名特勤局人員帶來了重要情資，但龍崎覺得他們對日本的維安工作造成的麻煩更大。

不，或許哈克曼的主張是對的。很罕見地，龍崎難以做出決定。冷靜下來。藤本部長說，我的角色是讓哈克曼別再鬧事。整體維安計畫交給藤本部長就行了。藤本部長說刑事部和公安部、組對部也會行動。我只要做好交代的事情就好了吧……？

龍崎發現畠山在看他。她在想什麼？

會不會是察覺龍崎正狼狽周章？這麼一想，龍崎更難以冷靜了。

哈克曼離開龍崎。

龍崎不看畠山地說：「你也回座位吧。」

史汀菲爾德抵達方面警備本部以後，直接來到龍崎面前說：「在我看來，日本的組織沒有任何人願意負責。一遇上難題，立刻就把責任分散出去。」

畠山隨即過來，站在一旁，以便隨時口譯。

「這是誤會。這次的維安計畫，由警視總監負起全責。」

「但我聽說警備部長要你負責羽田機場的維安和搜索責任。」

「這只是角色分配。」

「角色分配啊……很好。那麼就請你扮演好你的角色。哈克曼確實在羽田機場發現了可疑活動，你有責任處理好這件事，對吧？」

「沒錯。」

龍崎只能這麼回答。

「那麼，以你的權限關閉羽田機場。這是我們美方的要求。」

「這一點辦不到。我已經向哈克曼解釋過了。」

「哈克曼無法接受，我也不能接受。」

「如果是正式要求，請告訴綜合警備本部或國交省，也可以循外交途徑向外務省要求。總之，即使向我要求也是白費工夫。」

「你聽著，只要是為了保護總統的生命安全，我們不擇手段。關閉羽田機場的損失算得了什麼？和總統的生命相比，那點損失根本是小兒科。」

「我能理解你的立場。但既然是來訪日本，也只能請你們接受日方的條件。」

「我不能接受。對於總統，無論何時何地，都必須確保等同於美國國內的安全。」

史汀菲爾德的主張非常明快，甚至可以說是單純。不過正確的邏輯向來總是單純的。

龍崎很清楚這一點。過去他一直與警察組織的複雜相對抗，現在卻處在相反的位置。這令他痛苦。

「不管你怎麼說，」龍崎說。「我都無法關閉羽田機場。」

「那麼你打算如何確保總統的安全？」

「不只是警備部，刑事部、公安部、組對部也已全面動員，全力阻止暗殺計畫。」

「我不想聽那種空泛的內容，而是在問你具體的做法。」

龍崎感到漸漸被逼向絕路了。

一開始被任命為方面警備本部長時，他想得很輕鬆。他預期自己只需要協助綜合警備本部即可。

而實際上若是沒有刺殺美國總統的計畫，應該也會是那樣。

龍崎覺得自己被逼著站在違心的立場。兩名特勤局人員的要求合情合理，他甚至想要站在他們那一邊。但想想關閉機場造成的損失，他也明白不可能答應他們的要求。他必須在這種狀態下，思考出如何回答史汀菲爾德。

龍崎挖空心思，遲遲找不到答案。

如果我處在正常的狀態，或許就不會演變成這種局面了。

這個念頭忽然冒了出來。如果從方面警備本部的籌備階段，就一直維持著平日的專注力與判斷力，是否就能避免這樣的局面？

龍崎的心思一直沉迷在完全無關的事物上。但那是可以避免的嗎？龍崎不認為。那不是他自找的。

畠山的出現就像一場車禍。而情感的激盪，就像遭受暴風雨吹襲一般，是他無可如何的。

「你是負責人。」因為龍崎沉默不語，史汀菲爾德又說。「給我一個明確的回答。」

龍崎望向史汀菲爾德的眼睛：「你想知道我的具體做法？」

「沒錯。」

「如果有暗殺美國總統的計畫正在羽田機場進行，那麼我會努力揭發陰謀，揪出首謀，加以逮捕。」

「只是努力還不夠，我要保證。」

龍崎隔了一拍呼吸，明確地說：「我向你保證。」

他聽見旁邊的長谷川倒抽了一口氣，畠山也驚訝地注視他。

龍崎迎視著史汀菲爾德。兩人默默無語地互瞪了片刻。

不久後史汀菲爾德開口：「請別忘了你的承諾。那麼我回去綜合警備本部了。哈克曼就交給你們了。」

史汀菲爾德離開了。

龍崎望著他的背影。

長谷川說：「豁出去了呢。」

龍崎自己也這麼覺得，但絕不能說出口。

「羽田機場還不一定就會發生恐攻。」
「但發生的可能性相當大。」
「被我們防患於未然的可能性也不小。」
「既然做出保證，也只能去做了……但本部長做出這樣的發言，是有什麼計畫嗎？」
龍崎覺得長谷川發動攻勢了。不能在這時候示弱。
「昨天我們對羽田機場發動相當大規模的搜索，結果卻沒有發現任何危險的徵兆。哈克曼指出的疑點，也可能只是杞人憂天。往後我們也會維持高度警戒，繼續搜索，有可能在這個階段有所發現。我就是賭上這兩個可能性。」
龍崎不認為這個回答能說服長谷川，但他必須先設法度過眼前的關卡。
長谷川開口之前，龍崎搶先下達指示：「羽田機場周邊的攔檢請維持現狀。加派周邊警戒班人員，強化羽田機場的警戒規格。聯絡東京機場署，要他們採取必要措施。」
長谷川沒有任何反駁。因為一旦反駁，或多或少就必須負起責任。

「好的。」
長谷川應道，立刻著手聯絡。總之幸好他現在願意聽從指揮行事。
時間即將來到上午十一點半。
龍崎想要獨處一下。
「我先去吃個午飯。」
龍崎對長谷川說，離開座位。長谷川沒有應話。

18

龍崎毫無食欲，但今天熾烈的陽光也毫不留情地扎刺上來。一走出戶外，汗水立刻泉湧而出。
龍崎想去平常光顧的蕎麥麵店，卻不知為何直接從門前走過了。即使現在進去店裡，應該也食不下嚥。
他覺得走投無路了。

他找不到方法斬斷對畠山的情絲。對現在的龍崎來說，他覺得那是不可能做到的事。

向史汀菲爾德大發豪語是很好，但具體上該怎麼做，他毫無頭緒。

時曆上已經入秋，但上頭是一片盛夏藍天。儘管如此，龍崎卻覺得好似被漆黑的雲霧給籠罩了。

找不到出口。總之他想擺脫現在這種狀態，盡快恢復原本的自己。

他回想起昨天伊丹的話。伊丹說遇到困難時，仰仗前人的智慧也不失為一個辦法。這要是以前的龍崎，一定會認為完全沒這個必要。只要遵循邏輯窮究事理，每個人的結論總會殊途同歸。

因此沒必要參考先人的意見。只要自行依道理去思考就行了。以前的他這麼認為。過去這樣的做法一直很管用。他以合理性在警察機關古板的體質注入了新氣象。

但現在狀況截然不同。他沒想到自己的感情竟是如此地難以應付。不過比起感情，更尊崇理性的信念，迄今依然不變。

人之所以為人，是因為人有理性。

但理性與感情似乎是不同次元的事物。而今龍崎覺得感情具有壓倒性的質量與比重。

並且就像暴風雨一樣，它的威能足以掃蕩一切。

確實……

龍崎想，這種時候或許就像伊丹說的，有必要求教於古人的智慧。

古今東西，應該有數不清的人有過相同的苦惱。

龍崎在酷暑之中汗流浹背地走著。他走向大森車站，來到大樓裡頗具規模的書店。

書店裡冷氣很強，他緩過氣來。結果或許是因為睡眠不足，他頓時意識到自己累壞了。好久沒進書店了。他回想起年輕的時候。

他本來想找《葉隱》，但怎麼想都不認為武士的窮忍耐能做為什麼參考。

他來到宗教區，想要聽從伊丹的建議，買本禪宗的書回去看看。他隨便挑了三本，到櫃台結帳。

提著裝了書的購物袋，前往同一棟大樓裡的美食街。就快中午了，美食街人潮開始增加。

龍崎沒有食欲，找了家提供輕食的餐廳，點了三明治和冰紅茶。一坐下來，腰和背整個被汗水浸濕，不舒服極了。

等待上餐的時候，龍崎立刻拿出剛買的書隨手翻了翻。買歸買，但他幾乎不抱期待。

三本書總共五千圓有找。他不認為這點代價就能把他從苦海中解救出來。雖說金錢並非萬能，但一定的效果和功能，還是需要相應的代價的。

否則尖端先進醫療也無法成立了。

第一本沒什麼引起興趣的內容。冰紅茶送來了，龍崎邊喝邊翻開第二本。第二本說明禪的成立以及功效。龍崎把它也丟開了。

第三本蒐集了各種公案。這頗有意思。公案就是禪學問答。

奉行「只管打坐」的曹洞宗似乎不講公案，但在臨濟宗、黃檗宗則相當盛行。

公案幾乎都是兩難困境。比方說「隻手之聲」這則公案，問道雙手互拍時，發出的是哪隻手的聲音？一隻手又是什麼聲音？

龍崎覺得認真思考這種問題根本毫無意義。

龍崎跳著翻閱，忽然停下手來。

有一則公案吸引了他。

他隨意瀏覽了一次，又重讀了一遍，覺得一頭霧水，卻難以忽視。

這則公案叫「婆子燒庵」，出自中國南宋的燈史《五燈會元》。書上說燈史是佛教、特別是禪宗的歷史書籍。

原文如下：「昔有婆子供養一庵主，經二十年，常使一二八女子送飯奉侍。一日使抱定曰：『正恁麼時，如何？』主曰：『枯木倚寒巖，三冬無暖氣。』女子歸，舉似於婆，婆曰：『我二十年祇供養箇俗漢！』遂遣出，燒卻庵。」

從前有一名老太婆，供養一名和尚長達二十年之久，總是派一名年輕姑娘侍奉三餐。

一天，老太婆派那名姑娘試探和尚。

姑娘抱緊和尚問：「怎麼樣？有什麼感覺？」

結果和尚不為所動地回答：「我絲毫不感到情欲，就如同枯木倚靠在凍結的岩石上，如同隆冬找不到一絲暖意。我毫無所感。」

姑娘回去轉達老太婆。

結果老太婆暴跳如雷。

「原來我花了二十年供養一個俗漢！」

老太婆立刻把和尚趕出去，咒罵他，把和尚原本居住的草庵給燒了。老太婆就是如此地憤怒。

「婆子燒庵」就到這裡結束。

這到底是在講什麼……？

龍崎尋思起來。

被年輕女人擁抱，卻能不動如山，這不就是出家人應有的態度嗎？修行不就是為了鍛煉這樣的精神力量嗎？

但只是這樣的話，這則公案沒有價值。問題出在後半。老太婆為什麼要那樣生氣？

那名禪和尚的態度哪裡不對了？

龍崎交抱雙臂思考。

因為這則公案提到女人，所以龍崎才會特別留意。這與自己遇上的狀況不無類似。

當然，畠山並沒有抱住龍崎。不過她抓住了龍崎整顆心。

讀完之後，龍崎仍無法理解。這則公案不是「隻手之聲」那樣的兩難，他覺得裡頭蘊含了某種重大的意義。

但他想不透那是什麼。

回過神時，三明治不知何時已經上桌了。龍崎啃著三明治，又思考起來。

非解決不可的問題堆積如山。

為了讓史汀菲爾德和哈克曼信服，具體上該如何行動？

這是必須盡快得到答案的優先問題。

現在又加上了一項非研究不可的問題。不過思考「婆子燒庵」和其他問題不一樣，頗為愉快。而且他有預感，這似乎能帶給他某些提示。

今晚如果有時間，再來慢慢思考吧。龍崎這麼決定。

回到方面警備本部，心情又陰鬱起來。畠山在那裡，哈克曼也在。

兩個問題都還沒有找到解決方案。他想逃離，卻又不能夠。

尤其畠山的問題對龍崎來說非常嚴重。他覺得自己彷彿置身漆黑漫長的隧道裡。這天也一樣，一整天想不到任何解決之道就過去了。

綜合警備本部也沒有好消息。他原本還抱著一絲期待，或許會接到綜合警備本部的通知，說本廳逮到日本國內的恐攻協助者了。

距離美國總統訪日還有八天。這天龍崎也在十點多回家。

用完飯後，他在客廳重新翻閱今天買的三本書。

隨手翻閱的時候，原本不覺得有趣的其他兩本書，也因為對「婆子燒庵」感興趣，重讀之後覺得也還不賴。

他在禪的解說書裡找到關於「不動心」的說明。他覺得「婆子燒庵」和不動心似乎有關。

聽到不動心，龍崎想像那是無論發生任何事，都能面不改色的姿態。就像波瀾不掀、澄靜如鏡的湖面。

但這本書的作者說絕非如此。作者說，不動心絕對不是處在平靜之中。

這本書並沒有詳細說明不動心的概念，很有禪的特色。似乎是要讀者自行思考、參透。

龍崎讀了之後思索，思索之後再繼續讀。

在廚房忙完的冴子過來說：「咦，你在看書？真難得。」

龍崎看也不看冴子地應：「我偶爾也會看書的。」

「你在看什麼？」冴子把手伸向桌上的書。「咦，禪宗？真意外。」

「為什麼意外？」

「我以為你對這種精神性的內容不會有興趣。」

「我也這麼以為。」

「看來果然發生了什麼事。」

龍崎慌了，但試圖透過注視手中的書本，不讓慌張表現出來。

「我確實每天都會遇上很多事。」

「工作好像比想像中的更辛苦？」

「是啊……」龍崎回答。「問題堆積如山。」

「難不成你因為不知如何是好，想要求助於禪學？」

「就算是這樣，也沒什麼好奇怪的吧？」

「不可能。」冴子笑道。「特別是工作，絕對不可能。」

或許妻子真的察覺到了。龍崎說：「我有時候也是會想要求助於某些事物的。」

「怎麼好像失去自信了？看到你也有跟常人一樣的地方，我也放心了。」

冴子離開客廳。龍崎偷瞄了她的背影一眼。

上床以後，龍崎依然滿腦子想著「婆子燒庵」。他覺得好久沒有去想畠山以外的事了。僅是這樣，便多少安心了一些。

他開始打盹。今天很快就進入夢鄉，以最近來說相當難得。

又在夜半醒來了。但這天晚上與之前不愉快的清醒完全不同。

他唐突地覺得謎題解開了。他悟出了「婆子燒庵」公案的真諦。

原來是這個意思嗎……？

他感到眼前豁然開朗。平常在半夜醒來，就會輾轉難眠。但今天有些不一樣。禪學公案也挺不賴的。

雖然隱隱約約，但他預感心情即將變得輕鬆。他覺得在漫長隧道的遙遠前方看到了出口。

接下來沒有多久，龍崎便沉沉地落入夢鄉，一覺到天亮。

19

早晨的儀式一如往常地結束了。雖然是長年來不曾意識的行動，但現在他覺得順暢執行是很重要的。

好久沒睡得這麼好了。光是這樣，心情便輕鬆不少。

自認解開「婆子燒庵」的謎題瞬間，龍崎感覺將自己五花大綁的束縛逐漸鬆開了。

醒來之後，他也沒有忘記夜半的靈機一動。因為有時半夢半醒之間以為想到了什麼驚天動地的絕妙點子，結果早上醒來以後，發現根本不值一提。

但這次不一樣。龍崎覺得自己完全理解了「婆子燒庵」這則公案。而它的解釋，毫無疑問為他帶來了救贖。

或許是龍崎自己的解釋。但這並不是問題。透過公案，他得到某種感觸，並藉此認清了自己該邁進的道路。

龍崎認為，這正是禪的功用。

這或許是方面警備本部成立以來，他精神最為舒爽的早晨。

當然，他的胸中仍是狂風暴雨的狀態。一想到畠山美奈子，錐心的痛楚就充斥心胸。

但已不再是昨天以前那種絕望的心情了。

「我去上班了。」

龍崎對妻子說，離開家門。今早不像之前那樣排斥妻子的目光了。

抵達警署後，首先前往署長室，閱讀前天的文件。副署長和齋藤警務課長分頭幫忙蓋印章，但有些公文無論如何都需要龍崎核批。

「署長第一個先來這裡，真難得。」

齋藤警務課長探頭看署長室說。

是這樣嗎……？

龍崎聽到這話，感到意外。原本他要求將方面警備本部設在大森署，用意就是希望盡可能兼顧署長與方面警備本部長的職務。

他甚至忘了這樣的初衷。

他為了想要快點看到畠山的臉，所以無意識之中都往方面警備本部跑說不定。

不能被齋藤課長看出自己的私心。

「本部那裡問題堆積如山，我遲遲沒空過來這裡。」

「我能理解。」

「我知道一過去那邊，就遲遲難以脫身，所以今天先過來這邊了。」

「太好了。」

「出了什麼問題嗎？」

「人手有些不足。刑事課說少了戶高，是一大損失。」

龍崎感到意外。

「我一直以為戶高的工作態度難以嘉許……」

「唔，是這樣沒錯……」

「他實在不像是會乖乖聽從上司指示的人，但少了他，刑事課還是認為損失很大嗎？」

「署長也知道他經常在意想不到的地方做出成績吧？」

「像和平島是嗎……？」

「他很難駕馭，不過很有實力。在刑警裡面，似乎有不少人欣賞他。」

戶高或許很有辦案能力，但這必須在組織當中發揮才行。警察可不是私家偵探。戶高這邊也得想想辦法，不能就這樣任由他四處亂跑。

龍崎這麼想著，離開署長室，前往禮堂。

他第一眼就看到畠山。畠山一注意到龍崎，立刻站了起來。龍崎內心隱隱作痛，但也僅止於作痛而已。沒有昨天的悲愴了。

畠山看起來有些不安。一定是昨天龍崎向史汀菲爾德誇下海口，令她擔心。今天哈克曼也來了。目前還很安分。是一種「說出口的事就給我做到」的態度。

畠山旁邊的野間崎管理官朝龍崎投以別有深意的眼神。

他一定是覺得我被逼急了，正虎視眈眈地等著我重摔一跤，龍崎想。

「早。」

一坐下來，副本部長長谷川就像平常那樣打招呼。

「有什麼問題嗎？」

「沒有……」長谷川看著龍崎的臉說。「今天本部長的氣色似乎不錯。」

「這樣啊。」

看來長谷川無時無刻都在觀察他的健康狀況。或許是在評估龍崎的抗壓性。龍崎一直盡可能不向長谷川示弱，但還是被他看見內心動搖的模樣了。換句話說，他已經曝露出脆弱的一面了。

由於昨天向史汀菲爾德保證會解決問題，龍崎面臨了重大的危機。這對長谷川和野間崎來說，或許是大個好機會。

絕不能再讓他們看見自己的窩囊相。

龍崎下定決心。同時自信逐漸恢復了。

「把問題一一解決吧。」龍崎說。「想要一口氣全部處理，只會陷入混亂。」

「那該從何著手呢？」

「羽田機場的警戒不能鬆懈。請繼續執行昨天的指示。」

不知不覺間，畠山和野間崎走過來做筆記。兩人稱職的祕書官表現令龍崎很滿意。

長谷川確定內容：「羽田機場周圍的攔檢、周邊警戒班加派人力、強化羽田機場的警戒、聯絡東京機場署採取必要措施。以上這些對吧？」

「沒錯。請下達指示，叫每一名人員更徹底掌握監視器上的可疑人物容貌及服裝。」

「好的。」

長谷川使眼色，野間崎立刻行動，開始向各班下達指示。他們默契十足。

我和畠山也得像那樣才行……

總之，羽田的警備交給長谷川就行了。

龍崎對畠山說：「我想確定一下目前需要解決的問題。」

畠山立刻回應：「我已經列出來了。我念出來，請本部長補充。」

不錯。我們也合作無間。

「好。」

「首先是美方關閉機場的要求，接下來是美國總統抵達之前的羽田機場警備，再來是防堵恐攻計畫。完畢。」

「羽田機場的警備就像剛才指示的。接下來還有兩項，該如何回應美方的要求，和如何預防恐攻……」

「兩個都是難題。」

「但是非解決不可。」

龍崎思考。

絞盡腦汁。思考就是我們的武器。

藤本警備部長說機場不能關閉，這是國家方針。

哈克曼和史汀菲爾德則強硬要求關閉機場。

龍崎成了夾心餅。同時藤本部長把羽田機場的警備推給第二方面本部。

這與其說是藤本部長的意向，更應該是落合警備企畫課長的要求。

或許藤本部長只是低估了羽田機場發生恐攻的可能性。如果真是如此，

龍崎真想站在哈克曼他們那邊。

警備工作是對付未來的犯罪，不容樂觀的揣測或天真的預估。但龍崎沒

有說動國交省或經產省的力量，藤本部長也沒有這麼大的能耐。

「有個方法可以一口氣解決剩餘的兩個問題。」

龍崎這麼說，畠山、野間崎和長谷川三人同時望向他。他說：「就是逮捕參與恐攻計畫的日本人。」

「可是這……」

長谷川說到這裡，把話吞了回去。龍崎點點頭。

「沒錯，這並不容易。」

「是的。本廳的公安部、警備部、組對部、刑事部都在拚命調查，卻無法查出嫌犯的身分。」

龍崎想像各單位如何行動。恐怕就連綜合警備本部都無法排除直線式組織的弊端。

他們各行其是，無法充分分享情報。

公安部是徹底的祕密主義，絕對不願意讓其他部門得知他們握有多少情報。因為他們害怕洩密。

警備部掌握這次任務的主導權，因此會蒐集各方情報，但認為沒必要告知其他部門。

組對部和公安部一樣，奉行祕密主義。

刑事部相較於公安及警備部，沒有足夠的恐攻組織情報的累積。因為刑事警察的工作是偵辦已發生的案子。

龍崎的這番想像應該相當正確。過去他經驗過太多警方這種直線式組織的弊端了。

「各單位還沒有全完契合在一起。」

「總有一天能夠合作無間吧。」

「只要有契機的話。這個契機，由我們來提供。」

長谷川眨了眨眼：「我完全無法想像該怎麼做。」

「線索已經有了。」

「線索……？」

龍崎意識到畠山在看他。該是展現菁英官員實力的時候了。

「沒錯。」龍崎點點頭。「就是哈克曼為我們找到的線索。」

長谷川表情失望地說：「是指監視器畫面上的可疑人物嗎？」

「目前那是我們手上唯一的線索。」
「那名可疑人物不一定與恐攻計畫有關。」
「但有這個可能性，而我想要相信哈克曼的經驗。他會那樣強硬地要求關閉機場，就是因為那名可疑人物與恐攻有關的可能性極高。」
「或許只是哈克曼誤認。」
「或許是，但或許不是。我想要賭後者一把。」
「根據是什麼？」
「包括我在內，本部裡沒有人有他那樣持久的專注力。而且他應該具備比任何人都要強烈的危機意識。因為他身負保護美國總統這個非比尋常的重責大任。」
長谷川什麼也沒說，尋思了半晌。看到沒有人發言，長谷川說：「我明白他有責任感，但也有可能只是在瞎恐慌。」
「他非常冷靜。」
哈克曼走過來問：「你們在討論什麼？」

一定是聽到自己的名字在對話中出現許多次。

龍崎用英語說：「我們在討論監視器畫面裡的可疑人物。只要找到那名人物，狀況肯定能有所突破。」

「狀況有所突破……？」哈克曼以充滿猜疑的眼神看過來。「現在沒空抱那種期待。」

「你認為那名人物涉及恐攻計畫的可能性有多大？」

「可能性？即使只有百分之零點一的可能性，我們也要做到滴水不漏。」

龍崎再問了一次。

「可能性有多大？」

哈克曼本來要傾吐不滿，但暫時吞了回去，沉思起來。這表示他正要冷靜地下判斷。

不久後他說：「六成……不，七成。」

龍崎點點頭。

「是足以成為嫌犯的數字。」

「那當然了。所以才叫你們關閉機場。」

「我們要用我們的方法去辦。」

「你們要怎麼做？」

「找到那個人，防範恐攻於未然。」

哈克曼瞪住龍崎。

「你向史汀菲爾德打包票，說會揪出刺殺總統計畫的首謀，把他逮捕歸案，所以現在我也不多說什麼。我們要的只有結果。」

「我知道。」

「那就快點行動。」

哈克曼返回座位了。是監控監視器畫面的位置。

「好了，來動腦吧。應該有什麼法子才對。或是我們還有某些疏漏？」

野間崎和畠山回去祕書官席了。

長谷川悶聲思考著。不知道他在想什麼。他可能在想揪出監視器畫面男子的方法，也有可能在想當龍崎犯下決定性的錯誤時，該如何自保。

長谷川在想什麼無關緊要。龍崎認為對警察來說，自保也很重要。特別是居上位者，不能只是不計代價往前衝，也必須某程度思考該如何自保。

因為上位者對部下有責任。連自己都無法保護的人，不可能保護得了部下。龍崎決定從整理狀況開始著手。他覺得自從這個方面警備本部成立以來，他幾乎沒有正常思考過。

事實上所有的一切都處於未整理的狀態。他覺得現在腦袋裡頭的迷霧稍微散去了些。

昨天以前，他甚至沒有力氣去釐清狀況。

或許只是因為昨晚睡得好，身體狀況不錯而已。之所以睡得著，是因為他覺得悟出了「婆子燒庵」的意義。從那之後，確實就沒有在泥沼中掙扎的痛苦了。畠山的事他當然依舊掛念，但現在並未因此失去把持。

哈克曼的主張說服力十足。確實，多次而且定期出現在羽田機場的監視器畫面，足以讓人懷疑是恐攻相關人士。

東京機場署應該正在徹查機場相關人員。既然沒有符合的人，表示那個人並非機場職員或相關人員。

確定這一點後，與恐攻有關的可能性就升高了。但接下來的搜查中沒有找到這個人。

東京機場署加上綜合警備本部的支援人力，共同進行了相當於緊急調度的搜索行動。因此必須推測那名人物並不在機場內。

但他們徹底搜索過，所以歹徒幾乎不可能潛伏在機場。況且哈克曼也加入了搜索行動。

那麼這個人在哪裡？

他在機場做什麼？

龍崎想要釐清可能性，卻毫無頭緒。這種時候就該請教專家意見。

龍崎呼喚哈克曼。哈克曼倦怠地轉過來。與檢查監視器影片和搜索時判若兩人。

他是覺得掃興，失去熱忱了嗎？也有可能是認為已經沒有他能做的事了。

「請過來一下。」

「幹嘛？有事不會自己過來嗎？」

本部裡有幾個懂英語的人，聽到哈克曼的話，全都變了臉色。

龍崎滿不在乎地起身走向哈克曼的座位。為這種事掙面子、鬧脾氣，是可笑的行徑。

就像哈克曼說的，有事自己過去就是了。

本部內氣氛緊張。龍崎完全不以為意，哈克曼也滿不在乎。龍崎來到哈克曼面前說：「我想要你的建議。」

「事到如今還有什麼好說的？」

龍崎不打算理會他的酸言酸語。

「你認為監視器上的男子在機場做什麼？」

哈克曼憤憤地說：「我怎麼會知道？」

不知不覺間，畠山過來了。她覺得有口譯的需要。她的體貼和迅速，以祕書官來說無可挑剔。兩人的默契總算建立起來了。

龍崎換成日語，要畠山口譯。

「那名男子在八月十九日、二十一日和二十三日，總共出現了三次。時間不規則。你認為他的目的是什麼？」

「為什麼不自己想？不是要用你們的方式辦事嗎？」

畠山當場翻譯。

龍崎微笑。哈克曼一臉意外地看龍崎。

「你還太嫩了。」

「什麼？」

「我本來以為你是一流的特勤局人員。」

「我是一流的。」哈克曼毫不自謙地說。「所以才會比先遣部隊更早一步被派來日本。」

「那麼你應該明白，現在比起鬧彆扭，彼此合作更重要。我們的目的只有一個，就是平安地迎接美國總統，以及平安地將他送出國。」

畠山轉達這段話，哈克曼默默地看了龍崎一陣。

「你這人太奇怪了。」

「哪裡奇怪？」

「昨天看起來軟弱不可靠，今天卻很冷靜，說話也很有自信。」

龍崎被戳到痛處。

同時也希望旁邊的畠山能察覺是她的緣故。

「我只是整理了一下該做的事。」

哈克曼聳了聳肩回答：「相隔一天這個規則性，或許沒有太大的意義。」

「沒有意義……？」

「有可能是偵察行動，刺探維安的弱點，或侵入和逃脫的路線……但是那樣的話，沒必要相隔一天過去。或許是那個人有什麼理由。」

「那個人有什麼理由……」

「至於是怎樣的理由，我毫無頭緒……」

「我知道了。」

龍崎回到座位，思考哈克曼的話。有什麼理由……

讓他只能相隔一天前往的理由會是什麼？

不管怎麼樣，那個人似乎頻繁進出機場。然而沒有人認得他，也沒有目擊情報。

這究竟是怎麼一回事？

這時龍崎忽然想起另一個懸而未決的問題。

20

戶高今天也沒有到方面警備本部露臉。八成是在外頭尋找車禍時消失的卡車駕駛。

差不多該叫他專心在這邊的事務了。

刑事課說戶高被調來方面警備本部是一大損失。但在人手不算充裕的本部，少了他也是一大損失。

關於監視器畫面的男子，或許該聽聽辦案專家的意見。

龍崎對畠山說：「聯絡戶高，叫他回本部。」

「好的。」

龍崎正要告知戶高的手機號碼，但畠山說她知道。

瞬間龍崎忍不住奇怪她怎麼會知道？嫉妒又開始灼燒心胸，但龍崎任由它去。他沒有辦法逃離嫉妒。重要的是不去否定自己感到嫉妒的事實。

畠山應該掌握了主要人員的聯絡方式。尤其戶高在本部裡幾次成為話題，她才會判斷最好知道一下他的聯絡方法。

龍崎體認到自己和畠山的關係漸趨緊密。不是男女關係，而是身為警察以及菁英官員的前後輩關係。

如果能夠順從感情，以男女身分彼此親近是最好的。但龍崎決定貫徹原則。若無法期望第一，就只能屈就第二。那就是上司與部下、前輩與後輩的關係。

電話似乎立刻接通了，但談得並不順利。龍崎說：「如果他不聽指示，把電話給我。」

畠山以眼神表示「明白」，結束與戶高的對話。通話切成保留，所以龍崎拿起話筒，按下外線按鈕。

「你在囉嗦些什麼？快點回本部。」

「碰上了什麼非要我回去不可的緊急狀況嗎？」

這傢伙到底把自己當成什麼大人物了？

「本部隨時都處於緊急狀況。」

「只差一點了。只差一點就可以抓到他的行蹤了。」

「那邊交給交通課和刑事課，你回來本部。這是命令。」

「命令……？」戶高的聲音低沉了些，散發出某種迫力。「那句話是什麼王牌嗎？對某些人或許管用，但有些人可是不吃這一套的。」

龍崎沒想到警察裡會有人這麼說話。看來反而惹得戶高更不悅了。確實，對戶高高壓式地命令或許是反效果。龍崎決定改變做法。

「我們當初應該說好，需要你的時候要叫你回來。」

「現在需要我嗎？」

「沒錯，我需要你身為警探的能力。」

一陣沉默。不久後戶高說：「我知道了。我移交給交通課，再給我一點時間。」

「要多久？」

「一小時。」

這點讓步無所謂吧。

「好。一個小時後一定要回來本部。」

「了解。」

電話掛了。比上司先掛電話的警察也真罕見。不，以出社會的人來說，這根本違反禮節。龍崎這麼想著，放下話筒。

然後他忽然疑惑起來。

我從什麼時候開始計較起這種事了？誰先掛電話根本不重要，重要的是電話的內容。訊息是否確實傳達出去才重要。

與戶高相處，龍崎覺得自己成了一個可笑的墨守成規者。這表示對方就是如此破格。龍崎決定這麼解釋。

方面警備本部運作得很順利。龍崎心不在焉的時候，長谷川似乎好好地主持全局。

自己是否該感謝他的可靠？

也許長谷川認為沒有龍崎更好。

「龍崎本部長，綜合警備本部來電。」

聯絡人員告知，龍崎拿起話筒：「喂，我是龍崎。」

「請稍等，我請藤本部長接電話。」

真的等了好一會兒。自己打電話來，卻讓人久等，這算什麼？有事的話，藤本應該要親自打電話。

「啊，不好意思讓你久等了。」藤本一貫的江湖味口吻傳了過來。「這裡有點忙亂……」

龍崎真想回一句：我這裡也一樣忙亂。

「有什麼事？」

「三天後，美方的先遣部隊要過來。有特勤局人員和SWAT，還有特勤局專用車輛會透過美軍送到。聽說是雪佛蘭的四輪傳動車。他們好像不相信日本的警備車呢。」

美國總統的禮車也是特別送來的。兩國的危機管理意識有差距，這也是沒辦法的事。

藤本部長繼續說：「我在想，特勤局的主隊抵達後，先來的那兩個人氣焰會不會更加囂張……我希望你好好制住過去你那邊的美國佬。」

「我已經再三聲明，這不是控制他就能如何的問題。」

「不，制住他就行了。關閉機場是絕對不可能的啦。」

「公安部和組對部的調查進行得如何了？」

「還沒有接到值得注意的情報……羽田機場那邊怎麼樣？」

「目前仍維持著昨天的警戒層級。」

「那就好。羽田就交給你了。這話是對你才說的，這差事實在沒辦法交給別人。」

「即使捧我，辦不到的事一樣辦不到。」

「你這人果然有意思。」

「怎麼說？」

「敢對上司或前輩這樣直言不諱的菁英官員，八成也只有你了。」

這時龍崎察覺了。

原來如此，對上司或前輩來說，或許我跟戶高是半斤八兩。

「這可不是捧你。我呢，是真心欣賞你，才把羽田交給你的。那，萬事拜託嘍。」

藤本部長掛了電話。藤本部長並沒有惡意，只是想把自己的責任減少到最小。這一點很明確了。

龍崎嘆了口氣，放下話筒，長谷川立刻問：「怎麼了？」

「三天後，特勤局和SWAT的先遣部隊要過來。到時候關閉機場的話題可能又會死灰復燃。」

「三天……」

「如果能在這段期間逮捕恐攻計畫者就好了……」

長谷川沒有接話，但他的表情顯示他有話要說。是絕望的表情。

龍崎的心情也差不多。情勢更加窘迫了。但龍崎並不絕望。

一定有什麼方法。只能這麼相信了。

戶高露骨地頂著不悅的表情來到方面警備本部。

有人說刑警就像獵犬，因為他們在追捕獵物的時候最為充實。如果有人阻礙，牠們甚至會張口咬人。

馴養獵犬也是管理職的任務。

「戶高，你過來。」

戶高滿臉不悅地走過來。

「我想聽聽你的意見。」

「什麼事啊？」

一副嫌煩的態度。

「是羽田機場的事。你知道機場進行過大規模搜索吧？」

「啊，好像吧。」

完全事不關己。

戶高或許優秀，但應該僅限於追捕眼前的嫌犯時。他不明白對組織來說，當前最重要的是什麼。

「你聽說刺殺美國總統的計畫了嗎？」

「聽說啦。所以那個外國佬才會跑來吧？」

「羽田機場的監視器拍到了可疑人物。那名人物耳朵別著手機用的耳麥，相隔一天，出現在機場三次。關於這一點，你有什麼看法？」

「有什麼看法唷……」

戶高板起臉來。

龍崎也不是期待什麼妙答，只是想激發他調查員的自覺。

戶高表情驟變：「您說相隔一天？」

「對。」

戶高的表情繃得更緊了。

他的變化令龍崎困惑。感覺就像原本毫無幹勁的戶高在眼前變成了另一個人。

「署長，你知道我在追查無端下落不明的卡車駕駛吧？」

「你說有犯罪嫌疑。」

「沒錯。居然從車禍現場消失，不管怎麼想都很可疑。」

「有人說應該是無法承受肇事責任，所以逃走了……」

「為了查出駕駛身分，我去了卡車的貨運公司，結果……」

龍崎想了起來。

「駕駛提供的住址是假的，駕照也是偽造的對吧？」

「這也很不尋常。」

「或許那個人有什麼理由。」

說完之後，這句話忽然觸動了什麼。

那個人有什麼理由。

是哈克曼說的話。

龍崎的腦中警鈴大作。

戶高說：「那名駕駛每隔一天開卡車送貨。」

龍崎注意到自己不由自主地探出上身。旁邊的長谷川也安靜聆聽。

龍崎回溯著記憶。

「哈克曼說，手機的耳麥，在國外通常是駕駛在使用。」

「在日本就算戴耳麥，駕駛中講手機也是違法的，所以不太普及……不過如果駕駛中需要頻繁和什麼人聯繫，或許就會使用。」

「那場車禍發生在八月二十五日。可疑人物出現在羽田機場監視器畫面，是十九日、二十一日和二十三日……二十五日符合這個周期。」

「沒錯。」戶高點點頭。

龍崎問他：「他都送貨去哪裡？」

「羽田機場。」

龍崎感到血液沸騰。

戶高說：「有監視器可疑人物的外貌嗎？」

「你還沒看過嗎？」

「沒有，我一直在外面跑。」

長谷川命令一名管理官：「喂，把監視器可疑男子的照片拿來。」

正確來說那並不是照片，而是列印的監視器截取畫面。

戶高接下列印紙，目不轉睛地端詳，然後從胸袋掏出一張照片：

「這是消失的駕駛履歷照片影本，我從貨運公司的人事課拿到的。」

龍崎拿著那張照片，與監視器男子比對。髮型完全不同，而且監視器影片的截取畫面很模糊。

但這不是問題。

戶高說：「是同一個人呢。」

龍崎對長谷川說：「找到破除本廳直線式組織弊害的契機了。」

長谷川強而有力地點頭，然後大聲下令：「負責各班的管理官都過來，本部長有重大宣布！」

21

龍崎首先問出戶高目前掌握的一切情報，公開讓整個方面警備本部知道。

戶高幾乎就快抓到消失的駕駛了。他從貨運公司開始，仔細走遍感覺卡車駕駛會去的每一個地方，差不多查到了他在車禍前的一切行蹤。

此外他也詢問計程車行，查出車禍後載到疑似對象人物的車子，還查到乘客在哪裡下了車。

卡車駕駛，也就是監視器可疑人物從車禍現場上了計程車後，在五反田車站東口附近下車。後來的行蹤尚未掌握，但戶高一個人居然在短期間內查到這麼多事，令龍崎有些驚訝。

對象在貨運公司自稱鈴木昭雄，履歷資料上是三十六歲。但戶高查過戶籍，不管是姓名還是出生年月日，都沒有符合的人。

「請讓特命班待命。有空的人最好全部編進特命班。」

龍崎對長谷川說。

每個人應該都很忙。但長谷川的話，應該有辦法召集人員，增加特命班人手。

龍崎發現自己這麼想，覺得很奇妙。

我不知不覺間信賴起長谷川來了……

「戶高，你跟我一起來。」龍崎說。

長谷川問：「本部長，您要去哪裡？」

「我去一趟本廳。先向綜合警備本部報告，然後直接找公安部長、組對部長和刑事部長談。」

「這不需要本部長親自出馬……」

「要破除直線式組織的藩籬，直接找最高層談是最好的。」

「原來如此……」

畠山似乎正在等待指示。龍崎對她說：「你把經緯詳細告訴哈克曼。他應該不知道出了什麼事。」

「好。」

龍崎和戶高一起坐上公務車，前往本廳。

「咦，這是我第一次坐公務車呢。」戶高說。「上頭的人待遇真好。」

即使是這種情況，戶高還是不忘嘲諷幾句。他這種扭曲的性格就沒辦法矯正嗎？龍崎想，瞥了戶高一眼。

戶高的臉色有些蒼白。由於事態嚴重，他也在緊張。他的嘲諷應該是為了排解緊張。

「如果你也想要坐公務車四處跑，就往上爬。」

「我沒辦法。」

「就是認定不可能，才會做不到。」

「而且我喜歡第一線。」

龍崎不得不承認，戶高是個優秀的探員，但他的偵辦技術也許無法傳承給後輩和部下。

站在組織的立場，技術無法傳承是個問題。但無論任何組織，都需要老派師傅一樣的人才。戶高或許就是這樣的存在。

首先前往綜合警備本部，要求和藤本部長見面。對方死板地詢問有無預約，龍崎說是緊急狀況。

「噢，龍崎先生啊，你怎麼來了？」

龍崎介紹戶高，簡短說明狀況。

藤本的表情變了。

「告訴我詳情。」

龍崎從車禍後卡車駕駛失蹤開始重新說明，並解釋認定該名駕駛就是羽田機場監視器捕捉到的可疑人物的根據。

相隔一天的周期。

車禍的日子符合周期。

駕駛在公司使用假名。

而且外貌相同。

「你那個部下在獨力追查那名人物嗎？」

「是的。」

龍崎催促戶高報告目前查到的事實。戶高整個人硬梆梆的。雖然平日一副吊兒郎當樣，但也許他對權威頗為軟弱。

所以才會努力避開權威嗎？

聽完戶高的報告，藤本說：「這是很重要的情報，立刻展開行動。龍崎先生，這可是大功一件。」

「我認為要高興還太早。必須盡快找出嫌犯，防堵恐攻計畫……三天後特勤局的先遣部隊就要抵達了對吧？」

「我知道。那麼接下來你打算怎麼做？」

「我要去找公安部長、組對部長和刑事部長，說明狀況。這麼一來，所有的單位應該就能聯手行動。」

「那太麻煩了。叫他們全部過來，這樣快多了。」

龍崎點點頭。

「這麼做才合理。」

藤本直接打電話給各部長。

「這事第一優先，立刻過來。」

他對所有的部長說。

十分鐘後，公安部長、組對部長、刑事部長全到齊了。

伊丹刑事部長說：「咦，龍崎？出了什麼緊急的事？」

藤本警備部長替龍崎回答這個問題：「美國總統暗殺計畫的偵辦有了重大進展。」

「哦……？」

伊丹揚起一邊眉毛，公安部長和組對部長也一副想盡快知道詳情的樣子。

面對四名部長，戶高看起來萎縮得更厲害了。

藤本接著說：「那麼請第二方面本部的龍崎先生說明吧。龍崎先生，麻煩你。」

龍崎說明概要，戶高則具體說明對象人物的假名及行蹤。

說明完畢後，公安部長首先發言。

「我懂了，這個情報非常有幫助。我立刻核對這邊的資料庫，看能不能查出對象。」

組對部長接著說：「我們也提供資料。立刻著手吧，時間緊迫。」

伊丹說：「即使只逮捕那個人，也無法解決問題。必須摧毀整個計畫。」

「沒錯。」公安部長說。「因此即使發現該名人物，也絕不能碰他。要第一線人員徹底執行。畢竟現場總是有些冒失鬼，不小心上前盤問，或急於立功而忍不住以現行犯逮捕。」

所謂的「碰」，意指直接接觸對象人物。這話暗地裡在批判刑警的輕率，但伊丹當成耳邊風。

「明白。即使發現對象，也會先放他自由行動。我會叫底下徹底貫徹這個方針。」

部長們站了起來，返回各自的部門。與進來的時候截然不同，全身好似充滿精力。

龍崎自己也是如此。他體認到這下子整個警視廳融為一體，全力運作了。

「喂，龍崎。」伊丹叫住他。「要不要過來坐一下？」

「狀況緊急，不是閒聊的時候吧？」

「別管那麼多，過來。」

龍崎想了一下，對戶高說：「你先去車子等我，我十分鐘就過去。」

戶高點點頭，整個人溫馴得像隻小貓。

進入刑事部長室後，伊丹關上門，一屁股坐到自己的位置上。龍崎站著。

「你又立了大功。」伊丹說。「這下偵辦將大有進展。」

「光有進展沒有意義。必須在美國的先遣部隊抵達前破案才行。」

「我倒是滿樂觀的。嗳，剩下的就交給我們吧。」

「站在我的立場，沒辦法樂觀到哪裡去。」

「聽說你向特勤局人員誇下海口？如果無法逮到參與恐攻計畫的日本人，你就得負起責任了。如此一來，警備企畫課長和第二方面本部長一定會暗自竊笑。」

「我不關心那個。我會怎麼樣、落合他們的陰謀如何，全都無關緊要。這次的維安行動關係到國家的聲望，不能讓國賓受到任何傷害。我要為了這個目的全力以赴。」

伊丹目不轉睛地看著龍崎。那眼神令龍崎尷尬，開口說：「怎麼了？你想說什麼？」

伊丹看著龍崎說：「你好像一下子看開了，所以我納悶是怎麼回事。是指畠山的事。」

「沒什麼。狀況還是一樣。」

「但你看起來和前天判若兩人。一定是發生了什麼事。」

「我聽了你的建議。」

「我的建議……你和她外遇了嗎？」

「不是，我參考了你說的先人的智慧。禪學也是頗有用處的。」

「禪學……？」伊丹目瞪口呆。「你先前那麼痛苦，只是打禪一天，就得到救贖了嗎？」

「我沒有打禪，只是仔細思考了某一則公案。」

「公案？是教人摸不著頭腦的那類謎題嗎？」

「我在書店買了幾本關於禪學的書，裡面有一則叫『婆子燒庵』的公案。」

「那是什麼？」

龍崎說明內容。

伊丹一臉懵懂地聽著。

「莫名其妙。那個老太婆就是認為年輕和尚有潛力，才會供養他吧？然後測試他的修行到了什麼程度。」

「沒錯。」

「老太婆設計年輕姑娘抱住和尚，但和尚絲毫沒有心動的樣子，不動如山地說什麼就像枯木靠在岩石上。」

「沒錯。」

「以修行僧來說，這不是值得欽佩的態度嗎？為什麼供養他的老太婆要生氣？而且還氣成那樣。她氣到把和尚住的草庵都給燒了吧？」

「對。」

「我無法理解。就算有年輕女人投懷送抱，也能處之泰然，這不就是修行的成果嗎？老太婆應該要開心才對，怎麼會生氣呢？」

「因為這是欺騙。」

「欺騙？和尚騙了誰？老太婆嗎？」

「對，同時他也欺騙了自己。年輕女人抱上去的時候，你覺得和尚其實是什麼心情？」

「他是個年輕和尚對吧？那當然會很興奮，怦然心動吧？」

「應該不只如此。和尚一直過著禁欲的生活，這時卻有個年輕貌美的女子投懷送抱。如果你是那個和尚，會是什麼感受？」

「唔……一定難以招架吧。或許會痛苦得全身掙扎。」

「那就該痛苦掙扎。」

「什麼？」

「我是說『婆子燒庵』的和尚。這個時候，他應該順從自己的感情，痛苦掙扎才對。這才是真正的樣貌。他應該接納自己真實的樣貌才對。說什麼宛如枯木靠在岩石上，裝模作樣，只是作假。而他只要像那樣欺騙自己，就不可能做到真正的修行。所以老太婆才會生氣，後悔得不得了，說『原來我這麼久以來，都在供養一個俗物』。」

伊丹一臉複雜的表情。

「好像有點懂了……不過這拯救了你嗎？」

「我就和『婆子燒庵』的和尚一樣，想要欺騙自己。我欺騙著自己，想要逃離痛苦。但我發現這樣做是錯的。」

「怎麼說？」

「這種痛苦是無可逃避的。既然如此，為它苦惱、掙扎就是了。我立下覺悟了。」

「你豁出去了？」

「唔，或許是吧。我愛上了畠山美奈子，這是不可抗力的事，因此我不需要為此感到罪惡。我也學到感情波動是無法控制的。我並不是刻意要喜歡上她，才愛上她的。這真的就像一場車禍。」

「這我懂。」

「『婆子燒庵』的和尚，也不該對情欲感到罪惡，而應該坦然接受它。他不應該懼怕煩惱。」

伊丹低聲呻吟：「接下來我就不懂了。為什麼你得到了救贖？」

「我並沒有得到救贖。我了解到沒辦法得救，無法逃離這種苦。既然如此，就連同煩惱痛苦的自己一起去接納包容吧。我只是像這樣換了個想法而已。」

「我真是服了你……」

「我發現忍不住嫉妒、夜不成眠、無法見面而深感失落，都不是什麼壞事，也很自然。」

「我不認為只是承認這些，人就能變得輕鬆……大部分都會期待得到某些結果。」

「這大概只有時間才能解決了。」

伊丹默默地注視了龍崎片刻。

「我第一次看到有人像這樣解決戀愛煩惱的。」

「我一直陷在漆黑漫長的隧道裡。不，我現在仍然置身隧道裡。」

「雖然是老套的比喻，但我能理解。」

「但我覺得總算看到隧道的出口了。即使有無法成眠的夜晚也無妨，有食不下嚥的日子也無所謂。至多就是體重減輕，人不會這樣就死掉的。」

「但也有人甚至因此而自殺。自殺和犯罪的原因，大部分都是男女糾紛。然而你這個人……我的天啊，我太驚訝了……」

「我老婆說我只是個木頭人。」

「不，你不是普通的木頭人，而是個千錘百鍊的木頭人。原來你連私人的問題，都想要貫徹原理原則啊。」

「我一直是這樣活過來的，無法改變了。」

「甘拜下風。」

「我還有很多事要忙，先告辭了。」

「你已經找到嫌犯的線索了，任務已經結束了吧？接下來交給本廳和綜合警備本部就行了。」

「不能這樣。在美國總統平安回國前，警備本部的工作都不算結束。」

「不必想得這麼嚴重。美國總統的維安責任在綜合警備本部身上。」

「而我們的工作是支援。我們第二方面本部負責羽田機場的維安工作。」

「反正功勞都會被綜合警備本部和本廳拿去。」

「和功勞無關。維安專案以對象的安全為第一考量。美國總統會從東京移動到京都，從關西機場回國。至少他在東京的期間，不能輕忽大意。絕不能讓羽田機場發生恐怖攻擊。」

「好，我們也會做好自己的工作。」

「公安部、警備部、組對部、刑事部各自為政的話，實在不可能糾出嫌犯。彼此之間必須維持情報暢通。」

「我知道。該做的事我會做好。」

「我可以相信你這話吧？」

「當然。」

龍崎點點頭，準備離開部長室。

「龍崎。」

聽到呼喚，龍崎回了頭。

伊丹說：「你果然了不起，我實在效法不來。」

「沒必要學別人吧？」

龍崎離開部長室。

戶高臭著臉在公務車等著。

「讓你久等了。」

「哪裡哪裡，大人物們有很多重要的事情要談嘛。」

又變回嘲諷的口氣了。

龍崎吩咐駕駛開回大森署。車子開出去以後，龍崎在腦中列出待辦事項。

有個問題他無論如何都想不透，一直卡在腦中。

「戶高……」

「幹嘛？」

「鈴木昭雄……」

「那是假名啦。」

「我知道，只是方便上這麼稱呼。」

「他怎樣？」

「鈴木昭雄潛入貨運公司，送貨到羽田機場對吧？」

「沒錯，每隔一天送貨。」

「那麼羽田機場沒有半個職員認識他，豈不奇怪？一定有人在工作上與他接觸過。東京機場署徹底盤問過每個人，卻沒有任何一個人知道鈴木昭雄，你認為這是為什麼？」

「我哪知道？是機場署的調查太草率嗎？」

「怎麼可能？他們以等同於緊急調度的規模進行搜索。」

戶高依舊一臉不悅地看著窗外。

噯，戶高也不可能知道為什麼吧。

龍崎尋思。

不過一定有理由。機場沒有半個員工認識送貨到羽田機場的鈴木昭雄，這一點很不自然。而不自然的事情背後，多半隱藏了重要的事實。

原本默默無語的戶高唐突地開口：「車禍發生在海岸道路。」

龍崎不明白戶高為什麼這麼說。

「這我知道。」

「如果是送貨去機場，應該走首都高的灣岸線，或底下的灣岸道路才對。」

「什麼意思？」

「羽田機場的搜索，找了哪些地方？」

「羽田機場不就是羽田機場嗎？」

「是指航廈嗎？」

「沒錯，第一、第二還有國際航廈，以及美國總統會經過的VIP停機坪。我們徹底搜索過所有的航廈。」

「不過羽田機場的設施不只有航廈而已啊。」

龍崎總算想通了。

「對了，還有跑道和維修區……」

「我剛才也說過，如果是要送貨到航廈，應該會走首都高灣岸線或灣岸道路。但鈴木開的卡車卻是在海岸道路出事的。海岸道路再過去是首都高羽田線，然後再過去是各航空公司的維修區。」

「維修區……」

鈴木昭雄是送貨去維修區。這樣的話，就可以解釋為何沒有半個航廈職員認得鈴木昭雄了。

而鈴木昭雄進出維修區的理由只有一個。維修區有他的黨羽。

暗殺計畫有可能在某家航空公司的維修區內進行。

「向貨運公司確認。」

戶高點點頭，取出手機。

龍崎也同樣拿起手機。

22

龍崎打電話到綜合警備本部，請藤本部長聽電話。藤本立刻接聽。感覺應對速度變快了。

「自稱鈴木昭雄的嫌犯似乎不是進出羽田機場的航廈，而是航空公司的維修區。」

「根據是什麼？」

龍崎說明剛才和戶高討論的內容。戶高已經向貨運公司確認過了。

鈴木昭雄運送的是某家航空公司維修廠使用的清洗用油液和其他備品。

「好。」藤本部長應道。「你那邊做好準備，本廳會派調查員過去。」

不管怎麼樣都要龍崎負責就是了。

「好的。我會在東京機場署成立前線本部。」

「拜託了。我來轉告各部長。」

「麻煩了。」

掛斷電話後，龍崎接著打給長谷川，轉達與告知藤本部長相同的內容。

「好的，我立刻聯絡東京機場署。」

「請派特命班過去，不必等到前線本部設備齊全，立刻展開偵辦。請東京機場署也派出人手。還有，即使發現鈴木昭雄或他的黨羽，也不可以隨意接觸，這一點很重要，要第一線人員徹底遵守。」

「明白。那麼，前線本部由誰指揮？」

我去。

龍崎本來要這麼說，忽然靈機一動。

「叫畠山過去。」

一陣停頓。長谷川一定是大吃一驚。

「她有辦法嗎？」

長谷川第一次對龍崎的指示提出質疑。龍崎自信十足地回答：「她待過搜查一課的特殊犯部門，並隸屬警備部。我認為她是很適合的人選。」

龍崎本來想說因為她是高級事務官，但感覺會招來多餘的反感，因此沒有說出口。

「這是很重要的職位，請本部長親自任命。」

「那麼請她接電話。」

「請稍等。」

畠山馬上接了電話。

「我要在東京機場署設立前線本部，由你指揮。立刻對羽田機場的維修區展開調查。」

「羽田機場的維修區是嗎……？」

她的聲音透露出緊張。

「沒錯。我相信你辦得到。自稱鈴木昭雄的嫌疑犯進出的不是羽田機場航廈，而是維修區。詳情去問長谷川副本部長。」

「好的。」

聲音依然緊張。

龍崎維持著公事公辦的口吻說：「警察組織內，女性地位依舊低落。但你是高級事務官，往後必須領導他人。你要完美地執行指揮，好好展現你的實力。」

「好的。」畠山的聲音恢復了力量。「感謝本部長給我這個難得的機會。」

「嫌犯一黨應該擬定了周全的計畫，極為小心行事。無線電有被攔截的可能性，盡量用電話聯絡。」

「好的。」

「不要隨意接觸嫌犯。一旦查出可疑人物，立刻把情報送到綜合警備本部。」

「明白。」

「加油。」

「我會做到最好。」

龍崎掛了電話。

「加油唷？」戶高說。「您都會這樣幫部下打氣嗎？」

他是在嘲諷對方是女人，所以龍崎偏心。龍崎不以為意，答道：「是啊，我沒跟你說過嗎？」

「我沒印象吔。」

「你想聽多少遍都行。加油！」

戶高面露苦笑，撇開臉去。龍崎轉為嚴肅的語氣說：「這次你也幹得很漂亮。鈴木昭雄這件事，是大功一件。託你的福，偵辦一口氣有了進展。」

戶高撇著臉應道：「不愧是菁英，就會哄人……」

內容挖苦，但語氣聽起來似乎頗為受用。

抵達大森署方面警備本部時，畠山已經不在那裡了。她應該動身去東京機場署了。

也沒看到哈克曼。龍崎問長谷川：「哈克曼呢？」

「和畠山祕書官一起去東京機場署了。」

哈克曼聽到狀況，應該再也坐不住。他和畠山一起離開，龍崎並非全然不在意，但哈克曼恢復幹勁，他覺得是件好事。

哈克曼無疑是個幹才。如果他能協助調查，將大有助益。

「戶高。」龍崎出聲。「你也去東京機場署吧。露一手大森署刑事課的實力給他們瞧瞧。」

戶高哼笑了一聲說：「真的就會花言巧語。」

他立刻動身出發。

龍崎坐下後，長谷川說：「您真的將部下掌握得很好。」

「您說戶高嗎？」

「是的。」

「不，他總是令我頭痛萬分。」

「看起來不像。戶高似乎很享受與你共事。」

這話令龍崎驚訝。他從來沒有想過這種事。

「或許他和我意外地相像。」

長谷川忽然表情一沉：「關於祕書官……」

「畠山嗎？」

「警察是典型的男性社會，許多人不願意接受女人指揮。我有些擔心這一點。」

長谷川是真心在擔心嗎？或許只是在提醒任命畠山的責任在龍崎身上。但龍崎已經不打算理會這類無聊的拘泥了。

「她必須克服這樣的困境才行。」

「她行嗎？」

「她必須一試。如果不行，我過去接手就是了。」

長谷川點點頭，沒有再提到畠山。

接下來只能坐在這裡等消息了，龍崎想。

他切身感受到警方這個巨大的組織總算開始發揮本領。

畠山依照指示，不是透過無線電，而是以電話聯絡。她說調查員之間也都用手機聯絡，而非無線電。

警方無線電有擾頻，但還是無法安心。那些人甚至計畫暗殺美國總統，很可能擁有解除擾頻的技術。

手機也使用電波，因此絕非百分之百安心，但至少還是比無線電安全。

下午一點了。

方面警備本部漸漸忙亂起來。電話聯絡增加了。

龍崎覺得餓了。食欲恢復，他覺得這是個好兆頭。他派人點了三明治和咖啡給自己和長谷川。

下午一點半左右，畠山又來電了：「本廳派出的調查員到了。是公安部、警備部、組對部和刑事部組成的混合部隊。加上方面警備本部的特命班、東京機場署的調查員，本部為共兩百人左右的規模。」

「你有辦法指揮嗎？」

「包在我身上。」

「沒問題吧？」

「請放心。」

這話令人安心。

龍崎覺得與畠山的關係更密切了。他決定認為，在公務上建立緊密無間的關係，才是他與畠山最重要的事。

現在也不可能奢望更多。

隨著電話聯絡增加，各管理官的辦公桌收到許多便條，愈積愈多。這反映出情報逐漸累積。

管理官氣勢十足的聲音起此彼落，不斷地前來向龍崎和長谷川報告。

「公安部查出自稱鈴木昭雄的人物身分了。」

這則報告在傍晚送到。

該名人物名叫小島義雄，三十六歲。

學生時代，小島義雄曾在中東某國擔任過義工，此後便成為激烈的反美派，多次參加對美國大使館的反戰抗議活動，也曾在網路上寫下偏激的反美言論，因此被公安盯上。

不清楚他是什麼樣的經緯和伊斯蘭激進派恐怖主義網站搭上線的。

據說他是網路重度使用者，所以應該是透過網路。網路向全世界開放。

反美意識過度滋長，甚至協助暗殺美國總統嗎？

龍崎無法理解這種輕率的念頭。太膚淺了。

個人的憤怒與不滿無法排遣，因而想要找個對象發洩。網路能夠承接的時候還好，但投入這類犯罪的例子不絕於後，令龍崎不由得沉思起理由是什麼？他們沒有在成長過程中學習到分寸嗎？他強烈地質疑。

戶高掌握了小島一直到五反田之前的行蹤，因此以本廳公安部為中心的調查員以五反田為起點，展開人海戰術。

龍崎冷靜地分析收到的情報。他覺得待在本部，就能瞭若指掌地掌握調查員的行動。

像這樣整理、分析、統籌情報，準備好隨時下達正確的指示。這就是管理者的工作。高級事務官就是為此而存在。

畠山來電了。

「我們查到鈴木昭雄，即小島義雄接觸的人物了。永芳琢己，四十五歲，是航空公司維修廠人員，但聽說他今天沒來上班。情報已經送到本廳，也用傳真傳過去那裡了。」

傳真剛好送了過來。

「我拿到傳真了。」

畠山的報告簡潔扼要。龍崎慶幸指派她擔任前線本部長。比起把她當成祕書官放在身邊，感覺更要親密無間。因為可以體認到對彼此的信賴。

「我們正一一調查永芳琢已在機場內的行動，並搜索有無危險物品。」

「繼續下去。」

感覺逐漸進入收網階段了。永芳琢已沒來上班，應該是因為之前警方在航廈進行大規模搜索，讓他感覺危險逼近身邊。

也有可能躲起來了，不過交給本廳就行了。

進入深夜以後，電話依然響個不停。方面警備本部的人員和管理官都馬不停蹄地繼續工作。

龍崎打電話回家：「我今天應該不能回去了。明天也不知道能不能回去。」

他已經有了心理準備，在美國的先遣部隊抵達之前，可能都必須不眠不休。

「我知道了。好好加油。」

妻子只說了這些，就要掛電話，但龍崎覺得好像忘了說什麼。

「美紀怎麼樣了？」

「不必擔心，家裡的事不是都交給我嗎？」

「也不能全丟給你啊。」

「放心。你好好為國奉獻吧。」

是打趣的口吻。妻子總是這樣激勵他。

龍崎掛電話以後，長谷川說：「去小睡一下如何？這裡我會顧著。」

但龍崎鬥志高昂，實在不可能睡得著。精力也十分充沛。

「是啊，輪流休息吧。請您先去吧。」

「本部長該不會打算不眠不休，直到先遣部隊抵達吧？」

龍崎微笑：「還有兩天多一點，先遣部隊就到了。熬夜到那個時候不算什麼。但或許不會拖上那麼久。」

長谷長露出訝異的表情：「什麼意思？」

「我覺得就快結束了。」

「哦？直覺嗎？」

「是啊，或許可以這麼說。」

「真令人意外。我以為您是不講直覺那一套的。」

「與其說是直覺，更應該說是經驗吧。坐鎮本部，整理匯集過來的情報，可以更鮮明地掌握調查員的動態。甚至可以切身感覺到他們已經逼近嫌犯到什麼程度。」

「原來如此……」

長谷川一臉欽佩。或許是裝出來的，但搞不好意外地是真心佩服。

「請您先休息吧。」

「不，既然終點就在眼前，我也一起跑到底。我可不想睡過決定性的瞬間。」

龍崎切實感覺到結局將近。

「悉聽尊便。」

龍崎滿懷自信地說。

凌晨三點多，消息進來，說本廳調查員已經鎖定小島義雄、永芳琢己等人的根據地。是東五反田的公寓一室。

調查員一拿到逮捕令和搜索令，就會上門逮人。由於已經預先準備好申請文件和說明資料，應該用不了多久就能拿到令狀。

電話聯絡的高峰已經過去，方面警備本部逐漸安靜下來，但緊張感反而逐步升高。

每個人都在等待上門逮人的瞬間。令人焦急的時間緩慢流逝。

「喂，到底在拖拖拉拉些什麼……」

一名管理官喃喃說。沒有人應話，但每個人肯定都同樣心急如焚。

「花了很久呢……」

長谷川也不耐煩地說。龍崎絲毫不感到急躁。

「是為了做到萬全吧。上門逮人是沒關係，但萬一人去樓空，就前功盡棄了。再說天還沒亮。」

又過了一段時間。

凌晨五點三十分，眾人引頸期盼的消息進來了：

「凌晨五點二十分，逮捕小島義雄、永芳琢己及另一名同夥，從住處查扣了炸彈和定時裝置、電腦等物品。」

方面警備本部歡聲雷動。有些管理官朝上揮出拳頭。

歡呼響起的同時，眾人也都發出放心的嘆息。

長谷川說：「完全如同本部長的預估呢。在先遣部隊抵達之前，有時間好好處理了。」

「還不能放心，得詳細調查扣押物品才行……他們應該預定以某些方法將爆炸物交給實行犯……這類計畫不只是A計畫，一般都還會有B計畫。」

「這個問題，綜合警備本部和本廳也會解決吧。」

龍崎點點頭：「是啊。」

他拿起話筒，打到東京機場署的前線本部，叫畠山聽電話。

「你接到逮捕嫌犯的消息了嗎？」
「是的。」
「前線本部維持到美國總統抵達為止，不過警戒規格回到昨天的層級。指揮交給東京機場署，你回來這裡吧。」
「好的，我立刻回去。」
「明天再回來就好。」
「呃……？」
「你做得很好。今天直接回去休息，明天再來上班。」
畠山沒有猶豫。她應該燃燒殆盡了。
「好的，謝謝本部長的體恤。」
「那麼明天見。」
掛斷電話後，龍崎對長谷川說：「您也先回去休息一下如何？」
「不，我……」
「您不回去，野間崎管理官也不能回去，不是嗎？」

長谷川瞄了祕書官席一眼說：「說的也是。那麼我先回家一趟，晚上過來，輪流返家休息如何？」

龍崎點點頭：「就這麼辦吧。」

長谷川和野間崎回去以後，龍崎重新審視警備有無疏漏之處。

美國總統暗殺計畫應該可以視為已經排除。最大的難關已經過去了。

他實現了對史汀菲爾德的承諾。他們應該不會再要求關閉機場了。

龍崎環顧方面警備本部。沒有人鬆懈下來。每個人都在做自己該做的事。

在美國總統抵達，並護送他到京都以前，方面警備本部的任務都不算結束。

但懸而未決的問題幾乎都解決了。

龍崎成功達成本以為不可能的任務，克服了最大的危機。

同時應該也克服了個人的危機。一思及此，龍崎無上滿足。

23

美國總統訪日的豪華典禮背後，有著數不清的警察官在勤奮工作。方面警備本部陸續接到無線電聯絡。

「空軍一號落地。」

「美國總統一行人通過VIP專用門。」

「兩台禮車經不同路線前往迎賓館。」

「禮車抵達迎賓館。」

龍崎與眾管理官一同聆聽無線電傳來的這些報告。羽田機場完全沒有變故發生。

美國總統暗殺計畫應該順利防堵了。但考慮到萬一，龍崎還是提高警覺，直到美國總統一行人離開羽田機場後，才總算鬆了一口氣。

美國總統抵達後，主要警備便切換為交通管制與都內的維安。不久後，美國總統結束東京的外交行程，轉往京都。

方面警備本部的任務差不多結束了。但是在美國總統回國前，維安規格雖然降低，但還是維持警戒。

因為持續有針對美國總統隊伍和美國大使館的零星抗議行動。

畠山坐在祕書官席。龍崎懷著前所未有的平靜心情看著她。

這時哈克曼突然出現在方面警備本部，令龍崎大吃一驚。

「我以為你去京都了……」

哈克曼說：「馬上就要出發了。在那之前，我想跟你說句話。」

「什麼事？」

「我到現在都還是認為關閉機場的要求沒有錯。」

「或許吧。」

「參與總統暗殺計畫的日本人，是在先遣部隊抵達的兩天前才被逮捕的。維安上不能容許如此緊迫的處理。不管是護衛還是警備，都應該做到萬全。」

「你說的沒錯。」

周圍的緊張升高了。

懂英語的人似乎都對哈克曼的發言感到憤怒。

「但是，」哈克曼說。「日方的做法獲得成功也是事實。你遵守了你的承諾。這一點我認同。」

「你過來就特地為了說這個？」

「不，我想確定一件事。」

「什麼事？」

「你還是不肯叫我愛德華？」

龍崎知道周圍聆聽的人都呆了。他露出微笑。

「多虧有你協助，才能防堵美國總統的暗殺計畫。我很感謝你，哈克曼先生。」

「你的脾氣真硬。」

「私下見面的時候，我再稱呼你愛德華。」

哈克曼點點頭。

「有機會到華盛頓來，再聯絡我吧，龍崎先生。到時候我該怎麼稱呼你？」

「我的名字是伸也。」

「好，下次見面，我就這麼稱呼。See you, Mr. 龍崎。」

「再見，哈克曼先生。」

隔天美國總統平安從關西機場出發離境。

透過無線電確定這個消息後，龍崎對長谷川說：「辛苦您了。」

雖然是坐著，但長谷川深深向龍崎行禮。

「能夠與您共事，真的是很棒的經驗。雖然我也沒盡到什麼輔佐之責……」

這或許是長谷川的落敗宣言。

「不，如果沒有您，本部應該無法運作。」

稱讚一下也無妨吧。龍崎心不在焉的時候，確實是長谷川在支撐著本部。

他說：「或許有一天我還會在您底下工作，屆時請多多指教。」

「您是方面本部長，我是轄區署長，您的職位比我更高。」

長谷川搖搖頭。

「這應該只是暫時的。這次在一旁與您共事，我清楚地了解到，您將來必定是個領導人物。我會很榮幸在您底下工作。」

當然，龍崎不會就這樣聽信這番話。據說長谷川和警察廳的落合警備企畫課長私下碰面，龍崎就算想要相信他也做不到。

不過即使不是真心話也無妨，重要的是他的態度。起碼龍崎在擔任署長的期間，還得繼續和方面本部打交道。

或許往後仍將彼此刺探真心，但這次合作過程沒有對立，和平落幕。與長谷川和野間崎的關係，這樣就足夠了。

「好了，我今天要久違地先下班了。」

龍崎說，站了起來。

龍崎正要離開辦公室，背後傳來許多人同時活動的聲音。他訝異地回頭一看，發現本部所有的人都站了起來，立正敬禮，目送龍崎離開。

龍崎呆站了片刻。他環顧眾人，點了點頭，轉身離開辦公室。

他一時興起，繞去署長室。

不出所料，齋藤警務課長星期天還來上班，正在給文件蓋章。

「啊，署長。」齋藤驚訝地看龍崎。「辛苦了。任務順利結束了呢。」

「是啊，雖然中間捏了把冷汗……文件積了很多嗎？」

「就像您看到的，怎麼也處理不完。」

「稍微懂我的辛苦了嗎？」

「我很清楚署長有多勞累。」

「放心，明天我就會恢復平時業務了。」

「聽到這話我安心了。」

「那我先下班了……」

「好的。真的辛苦署長了。」

沒錯。日常又要回來了。

這段日子好似處在暴風雨中。不管在工作上或個人感情上都是……

暴風雨遲早會過去。或許會留下某些傷痕，但那並非永不抹滅的疤痕。

龍崎離開署長室，踏上歸途。

回到家後，龍崎忍不住吁了一口氣。總算湧出結束一場大任務的真實感。

廚房傳來冴子的聲音。

「咦，你回來了。好早唷。」

妻子一如往常的反應，令龍崎分外感激。警察總是揹負著艱鉅的任務，身為菁英警官，更是如此。

因此他不喜歡家人評論他的工作。不管結束再怎麼重大的任務，態度也一如平常，這反而是一種救贖。

龍崎再次覺得，冴子應該深諳這一點。

「警備本部的任務結束了。接下來只剩下明天收拾善後。」

「辛苦了。」

距離晚飯好像還有點時間。

他換了衣服，坐在客廳沙發上，冴子送來啤酒。

「我只在晚飯的時候喝。」

「你看起來累壞了。喝個一罐，小睡一下如何？」

龍崎注視著啤酒罐。表面逐漸凝結出水滴的鋁罐，看起來冰涼美味。

「就這麼辦吧。」

龍崎把啤酒倒進杯裡，咕嚕咕嚕暢飲。美味得令人難以置信。

他再倒了一杯，喝了一口。

「美紀呢？」

「出門了。好像去找忠典。」

「結果他們兩個怎麼樣了？」

冴子從廚房來到客廳：

「被你那樣一說，美紀好像想了很多。」

「然後呢……？」

「她說她不知道該怎麼辦……所以好像跟忠典談過了。不過似乎還沒有做出結論……她好像很煩惱。」

「這樣啊……」

「而且忠典好像就快要外派了……但美紀好像還完全不考慮結婚。」

「讓他們一起煩惱就好了。」

「咦……？」

「忠典煩惱，美紀也煩惱，這樣就行了。沒必要犧牲任何一方。忠典外派，也不是生離死別，兩人還有未來啊。光是這樣就很幸福了。讓他們一起煩惱一段時間，再做結論吧。」

冴子目不轉睛地盯著龍崎的臉看。

「怎麼了？我說了什麼讓你不開心的事嗎？」

「我是在感動。沒想到你居然會說這種話……」

「我也是很擔心女兒的。」

「我會轉告美紀，說她爸這樣說。」

「嗯……」

「你果然不對勁。」

「不對勁……？哪裡不對勁……？」

「這陣子你睡不太好對吧？」

「對，這次的任務很辛苦。」

「騙人。」

「騙人……？」

「你不可能為了工作煩惱到睡不好。」

「才沒有……」

「你是不是在為別的事情煩惱？」

「別的事情……？」

「而且你突然為美紀設身處地著想……」

龍崎沉默，喝起啤酒。冴子說：「難道你談戀愛了？」

龍崎看冴子。冴子面露冷笑。

龍崎也露出笑容。

「如果是，你會怎麼做？」

「我會很好奇事情怎麼發展。」

「這麼老神在在？萬一我搞外遇怎麼辦？」

「我會為你乾杯，慶祝你這個木頭人居然也能外遇。」

「真的嗎？」

「然後再把你踢出家門。」

龍崎一陣毛骨悚然。不能小看妻子。

「我是在為怎麼處理部下而煩惱，這樣罷了。」

「看來那個問題也解決了呢。」

「還沒解決，但已經有眉目了。」

冴子微微頷首。

「要不要再來一罐啤酒？」

「不了，我去躺一下。真的累壞了。」

「我本來也想說一樣的話。」

「什麼？」

「美紀啊。叫她不用心急……」

龍崎點點頭站起來，前往臥室。

床鋪好舒服。

在這裡輾轉反側的日子就像遙遠的過去。不一會兒，龍崎便沉沉睡去了。

星期一，他像平常一樣出勤。為數量龐大的文件蓋章的日常又開始了。

即使如此，他仍感到平靜。

雨後必定天晴。

齋藤警務課長從門口探頭進來說：「警備部的畠山小姐求見……」

龍崎抬起頭來。

是暴風雨的痕跡。但只不過是痕跡。

「讓她進來。」

齋藤離開，畠山美奈子進辦公室來。她穿著深藍色的窄裙套裝。

「在返回本廳前，我來向本部長辭別。」
「謝謝你特地過來。」
「我從來沒有在工作中得到這麼大的收獲。我由衷感謝。」
「你做得很好，我也得向你道個謝。」
「您把前線本部交給我時，坦白說我整個人都慌了。」
畠山的口吻變得親近了些。是覺得公務上的道別已經結束了吧。
「我相信你一定做得到的。身為高級事務官，往後必須累積更多經驗。」
「是的。」
「往後或許還有共事的機會。屆時請多指教了。」
「我由衷盼望那一天。」
聽到這句話，龍崎覺得一切都值得了。
「我也期待再見到你。」
這是龍崎所能做的最大的表示了。
「謝謝本部長。」

龍崎覺得應該再說點別的，卻想不到該說什麼。

「那麼我告辭了。」

她行了個禮。

這時龍崎唐突地想到了：「我還想再聽聽阿伊努話。」

畠山美奈子微笑。

「您想聽什麼呢？」

「這個嘛……告訴我你對我的看法好了。」

她想了一下，然後說：「艾歐利帕克。」

「艾歐利帕克……」龍崎複誦了一遍。「我會記住。」

「您不問意思嗎？」

「我要自行想像一下。這樣比較好。」

畠山又微笑點頭。

「謝謝您對我關照有加。」

「說得好像要永別一樣。我們都在警察機關任職，不久後一定還會再見面的。」

「是的。」她又行了個禮。「我告退了。」

畠山離開辦公室。龍崎很想送她到玄關，但刻意留在位置上目送。

用完午餐回來時，龍崎在走廊遇到戶高。

戶高輕輕頷首就要離開。

「要出去嗎？」

龍崎出聲，戶高回頭應道：「刑事坐在署裡要怎麼辦事？」

「不是應該兩人一組行動嗎？」

戶高不耐煩地回答：「也有不是那樣的刑警。」

「你要去哪裡？」

「四處巡邏。」

「去和平島嗎？」

「不就說是去工作了嗎？」

「別太沉迷啊。」

「就說是工作了……」

戶高嘔氣地說完走掉了。還不能放鬆他的韁繩，龍崎看著戶高的背影想。

這天方面警備本部接到召集，龍崎也去了本廳。結束口頭報告後，藤本部長慰勞眾人。

會議內容只有這樣而已。龍崎覺得送份公文或電郵就夠了，根本沒必要特地把人找去，但警察就喜歡這種儀式。

他覺得荒唐，但身在警察機關，也不得不配合。

這場會議，警察廳的落合警備企畫課長也出席了。

會議結束後，他走近龍崎說：「辛苦了。」

龍崎默默行禮。

「我一直相信，你一定能克服任何難關。」

其實他一定是希望龍崎失勢。

「我總是全力以赴而已。」

「期待你往後的表現。」

落合或許是不願服輸。毫無疑問地，龍崎在與他們的角力中勝出了。

龍崎微微一笑。

「我只是個小小轄區署長，請別過度期待。」

回到署長室，他注意到桌上的便條紙。

是他趁著還沒忘記時寫下的畠山說的阿伊努語。

他注視了那張紙半晌。

然後坐到電腦前，打開瀏覽器，跳到搜尋頁面，尋找有關阿伊努語的網站。

他找到幾個網站。

有個阿伊努語辭典網站，他輸入畠山美奈子的話搜尋。

「艾歐利帕克」。

意義與他期待的有些不同。

意思是「客氣」。還有另一個意思是「尊敬」。

尊敬啊……

很像她會說的回答。

比起其他任何形容詞，這是目前兩人最理想的關係。

龍崎決定這麼想。

娛樂系 027

疑心——隱蔽搜查 3

作者 今野敏
譯者 王華懋
責任編輯 戴偉傑
美術設計 POULENC
書衣裡插畫 chocolate
內文排版 高嫻霖

出版顧問 陳蕙慧
發行人 林依俐
出版 青空文化有限公司
100台北市中正區忠孝西路一段50號22樓之14
讀者服務信箱：service@sky-highpress.com

總經銷 大和書報圖書股份有限公司
電話 02-8990-2588
印刷 前進彩藝有限公司
出版日期 2017年6月 初版一刷
定價 280元
ISBN 978-986-94889-2-1

國家圖書館出版品預行編目(CIP)資料

疑心：隱蔽搜查 3 / 今野敏著；王華懋譯. -- 初版. -- 臺北市
: 青空文化, 2017.6
384 面； 10.5 x 14.8 公分. -- (娛樂系；27)
譯自：疑心：隱蔽捜查 3
ISBN 978-986-94889-2-1(平裝)
861.57 106009430